U0572304

奎文萃珍

花甲閑談

［清］張維屏 撰
［清］葉夢草 繪

文物出版社

圖書在版編目（CIP）數據

花甲閑談 / (清) 張維屏撰 ; (清) 葉夢草繪. -- 北京 : 文物出版社, 2020.1
（奎文萃珍 / 鄧占平主編）
ISBN 978-7-5010-6288-1

Ⅰ. ①花… Ⅱ. ①張… ②葉… Ⅲ. ①游記–作品集–中國–清代 Ⅳ. ①I264.9

中國版本圖書館CIP數據核字(2019)第198268號

奎文萃珍
花甲閑谈 〔清〕張維屏 撰 〔清〕葉夢草 繪

主　　編：鄧占平
策　　劃：尚論聰　楊麗麗
責任編輯：李縉雲　李子裔
責任印製：張道奇

出版發行：文物出版社有限公司
社　　址：北京市東直門内北小街2號樓
郵　　編：100007
網　　址：http://www.wenwu.com
郵　　箱：web@wenwu.com
經　　銷：新華書店
印　　刷：藝堂印刷（天津）有限公司
開　　本：710mm × 1000mm　1/16
印　　張：28.75
版　　次：2020年1月第1版
印　　次：2020年1月第1次印刷
書　　號：ISBN 978-7-5010-6288-1
定　　價：150.00圓

本書版權獨家所有，非經授權，不得複製翻印

序言

《花甲閑談》，清張維屏撰，葉夢草繪，清道光十九年（一八三九）刻本。

張維屏（一七八〇—一八五九），字子樹，一字南山，因嗜好松樹，號松心子，晚號珠海老漁、唱霞漁者。乾隆四十五年（一七八〇）生於廣東番禺（今廣州市）。原籍山陰（今浙江紹興），曾祖張廷望因經商之故，舉家遷於粤地。父張炳文（一七五三—一八二六），字虎臣，嘉慶六年（一八〇一）舉人，官四會訓導，撰《玉燕堂詩鈔》二卷，《番禺縣志》有傳。乾隆五十六年（一七九一），張炳文館于廣州河南潘氏南墅雙桐書屋，維屏隨父入館學經，兼習詩文。越年，張維屏應童子試，名列榜首。知縣吴政達异其才，頌毛詩『《南山有台》，樂得賢也』，而賜字『南山』。嘉慶九年（一八〇四）中舉，道光二年（一八二二）登進士。歷官黄梅知縣、襄樊同知、袁州同知、南康知府。道光十六年（一八三六）秋歸隱廣州，任學海堂學長，曾主講東莞寶安書院，晚年自刻一印曰：『乾隆秀才，嘉慶舉人，道光進士，咸豐老漁』，概其生平。張維屏著述極豐，《張南山全集》收録《聽松廬詩鈔》《松心詩集》《松心詩録》《松心雜詩》《松心文鈔》《聽松廬駢體文鈔》《聽松廬詩話》《國朝詩人征略》《國朝詩人征略二編》《藝談録》《花甲閑談》《桂游日記》《新春宴游唱和詩》凡十三種。詩名昭著，晚年所作《三元里》《三將軍歌》等，膾炙人口，彪炳詩史。

《花甲閑談》輯刻於道光十九年。時當作者六十虚歲，退居廣州，賃居於『花竹烟波村舍』。他感慨『浮生若夢，往事如塵』，乃約舉生平大事，與足迹所至，條爲桐屋受經、松廬把卷、羅浮攬勝、庾嶺衝寒、杭寺梵鐘、蘇臺鐙舫、洞庭雪棹、揚子風帆、鄉園舊雨、京國古風、香閣懷仙、燈龕伴佛、三度趨朝、五番鎖院、黄河曉渡、赤壁夜游、江漢飛鳧、襄樊駐馬、黄梅集雁、建昌捕蝗、天津望海、天池看雲、青原訪碑、匡廬觀瀑、鶴樓轉餉、鹿洞講書、快閣携琴、章江泛宅、荆渚烟波、桂林岩洞、珠海唱霞、花邨種菜，凡三十二篇，并『請葉生春塘繪之圖』。葉生名夢草，字春塘，號生香，又號蔗田，南海（今屬廣東佛山）人。南海葉氏为书香门第，才俊代出。從兄葉夢龍官户部郎中。夢草能以詩、書、畫世其家，繪山水、花果、人物俱工。此書三十二圖，均繪製精良，足見功力。寫家居日常，則遠山朗健，近樹扶疏，庭院清寂，屋宇整飭。寫名山大川，則特點畢現，桂林之山與匡廬之山絶不雷同。寫人物事件，則以景烘托，突出人事。尤善表現空闊景象，如江漢飛鳧、襄樊駐馬、黄梅集雁、天津望海、天池看雲、赤壁夜游、快閣携琴、荆渚烟波等幅，布局合理，虚實相生，寫實處綫條流麗，留白處更添意境。每幅圖後有張維屏手書韵語，并附相關舊詩文，以及師友同仁篇章。張維屏一生好游，登臨攬勝，發之詩咏。此書所收詩章藝文，可與圖景互證，相映成輝。

學中閒談

屏弱齡有志欲希古賢暮景無能願爲老圃回思五十年以來學殖蹉跎名場蹭蹬世途險阻宦境艱危雙鬢漸添白髮甚矣吾衰一官無補蒼生不如歸去所幸免於罪戾獲返衡茅妻孥聚首朋舊論心話

君親高厚之恩述出處憂愉之況浮生若夢往事如塵偶約舉生平所歷屬葉生春塘繪之圖凡三十有二略以對語相聯先後本無詮次舊作可與圖互證者錄之師友篇章亦閒錄一二分爲十有六卷名曰花甲閒談嗟乎五嶽未遊二毛已見笑繭蠶之自縛歎紙蠹之空勞眼前展卷宛然如對今吾身後披圖或者猶存故我

自爲小引併入閒譚道光己亥正月人日番禺張維屏

書於花竹煙波村舍

花甲閒談三十二圖目錄

南海葉夢草生香繪

[seal]

鄉園舊雨
京國古風
香閣懷仙
燈龕伴佛
三度趨朝
五番鎖院
黃河曉渡
赤壁夜遊
江漢飛梟
襄樊駐馬

荆渚煙波

桂林巖洞

珠海唱霞

花邨種菜

柏屋受經

北平輔仁大學藏書

父兮生我恩斯勤斯言提其耳教之誨之昊天罔極我儀圖之作為此詩莫知我哀

集毛詩敬書桐屋受經圖後 維屏 維屏

瀕 音賓 水厓也 又音頻

述德　　　　　　　　　　　　張維屏 南山

憶昔十二齡我父授我經館於河之陽河南潘氏屋外雙桐青未冠學爲文吾父日善誘出應童子試汗顏冠儕偶小子何所知虛譽日以馳無端患腹疾血去幾不支大母七十餘愛孫如愛子吾父有隱憂憂兒病不起兒病苟不起必傷老母心潔誠禱于神敢望神鑒臨維時方黎明廟宇深且黑禱畢一舉頭儼然見顏色烏巾而道服長鬚白如雪歸來語家人神像見如活病已瀕於危越日有轉機繙書得奇方效速如神醫兒病幸獲瘳父乃往謝神入廟覩神像覓服而金身歸來語家人今見

殊昔見方知神鑒臨感歎淚如霰病愈越十載大母終
天年我母淑且慈奈何壽不延賤子謬通籍筮仕於楚
鄉迎養父不至陟岵心徬徨父時為學官予弟侍杖履
父病兒不知鮮民不如死大母既苦節吾父復純孝節
孝神所知節孝天必報教我父辛勤育我母勞苦欲養
親不存得祿亦何補親在不知孝親歿徒傷悲百身不
可贖百悔奚可追明發空有懷昊天嗟罔極作詩示子
孫爾其念先德

舐 俗𦧟字 神旨切音士

禱神顯應記

張維屏

嘉慶己未屏患血痢庚申疾甚辛酉夏病危屏自幼爲先祖母黃太恭人所鍾愛至是諸醫辭不治太恭人知疾不可爲食不下咽先君憂之聞人言醫靈廟有禱輒應遂步行至廟時方黎明又適陰雨先君詣神座前拜禱謂某非敢以舐犢之愛仰瀆神聽惟老母苦節數十年鍾愛此孫倘病不起老母暮年傷感必有不測今勢已危篤惟祈神力垂祐庶幾可望挽回禱畢舉頭見神像方巾道袍白鬚飄然面如生人肅然不敢再視歸以所見語家人但以爲塑像甚活耳翌日屏病忽有轉機

又數日先君得幼幼集成一書中有鴉膽子方如法服之三年久病一服而瘳先君詣廟謝神見神像金身黑鬚非復前日所見乃知神靈顯應亟歸語家人皆焚香向空叩首於是數旬後屏始能行見者咸以爲再生也是秋先君舉於鄉甲子屏忝鄉舉太恭人康彊逢吉喜見曾孫先是乾隆五十一年奉

旨給帑建坊旌表節孝至嘉慶辛未壽八十五無疾而終太恭人苦節先君純孝惟至行積於平日故能感格

神明而予小子病已垂危獲生存以至今日實先德庇蔭所賜也爰謹記之不敢忘道光辛卯九月維屏敬識

宋臺杞卷

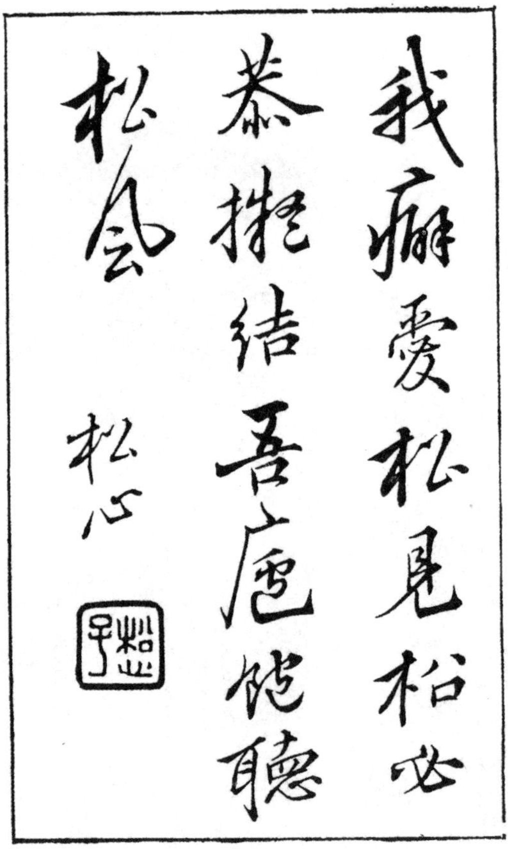
我癖爱松是松心
恭携结吾庐饱听
松风
松心
松心

自題松廬把卷圖　張維屏

松風吹几席把卷意翛然清籟出林表古人來眼前味
眞同諫果聲似答流泉樹已龍鱗老書成第幾篇

夜坐聞松聲

天際集羣靈秋濤入杳冥仙風中夜起塵夢幾人醒潭
冷龍猶睡山空鶴共聽曉來虛籟息老幹插雲靑

題南山松石卷　大興翁方綱覃谿

以爾松廬境叅予石畫軒研屏相澹對濤籟即清言雪
乳香浮琖菖蒲綠結盆琅玕芝艸長息息見深根

題南山孝廉松廬讀書圖用昌黎山石韻

汀州 伊秉綬 墨卿

蒼松倚石涼飈微老蛟鬱律秋雲飛科頭把卷者誰子吟詩不瘦味道肥西銘有砭吾黨重南園以降斯人稀斑斕威鳳勤遠覽婉孌季女愁朝飢九年突來千里客便借月色開柴扉素心適逢銀燭剪清言都比玉屑霏載尋松石了無見但有萬卷將身圍乃知曠懷特高寄萊綵昨浣京塵衣吾生愈深金石癖於世蹔脫名利鞿松貞石介良可法試問遠客何如歸

松石把卷圖歌爲南山孝廉作卽以誌別

南城 曾燠 賓谷

珊瑚木難光照市北里歌鐘達南里中有一人獨荒寒身如枯僧坐煙巒不知塵世有何事終日手持一卷看巖泉白飛硯席上松色青入鬢眉閒往時月溪與雲淙湛黄講學於其中三百年來山絕空無人復肯巢雲松而君灑墨爲玉虹矯首青天垂九龍月溪雲淙玉虹洞九龍泉皆在白雲山明湛甘泉黄泰泉曾置書院君近與黄香石諸君築雲泉山館於蒲澗之側桐花不飽如飢鳳君乃囂囂自吟諷席毘常有風霜姿孫綽豈無棟梁用我但知君不能貢漢廷他日中和頌

南山松石把卷圖

陽春譚敬昭康侯

雲松蒼蒼水石激激有美人兮山之阿坐聽雲濤翻絕

壁曲江孫子今名流江海意氣橫九州金門再上未得志赤松且伴逍遙遊襟懷落落空千秋萬卷讀破手一卷與古人語相唱酬空山木石皆吾儔天風琅琅歌且謳登高望遠淩滄洲長松如龍奮鱗角松根石蘊荊山璞羣材早已升雲霄此子何為置丘壑吁嗟男兒置身山林登臺閣造物與我差不薄書臺回首南陽廬蒼生倘識東山樂雲靈山人自著書打頭矮屋空長吁羨君聽松廬聽雲樓不如聽雲之樓倚碧虛雲山未買乘雲車空中樓閣非人居江上千山日將夕暮雲一片連天碧思美人兮雲中倚長松兮拂白石拂白石兮眠綠陰

憺無言兮思愔愔抱琴起作松風吟松間明月知我心

羅浮攬勝

陳澧之印

蘭甫

玉京洞天我曾三宿

何時入山仙㝱重續

第七洞天樵客

洞天

樵客

將遊羅浮留別登峯書院諸生　張維屏

山齋見星起及霽遊羅浮殷勤二三子相送立道周嗟我如惰農覥顏對春疇春疇有嘉穀深耕乃豐收勗哉崇令德砥礪追前修君看四百峯鐵橋橫石樓上有升天雲下有入海流

羅浮

蓬萊一割三千秋罡風吹墮天南頭鐵橋夜半鎖山骨奇峯四百蟠深幽重離中虛闢奧府習坎內抱藏元邱璇臺瑤室通地肺靈葩瑞草迴天眸攀林曾見五色鳥飲澗突遇千年猴竹符縱橫古篆佚蘚磴斑駮殘棋留

排空大小雙石樓三峯縹緲垂旗旒撐天足配泰恒華訪古兼溯秦漢周安期東海跨鯨至赤松桂父陪嬉遊麻姑酒熟邀一醉碧霄帝樂鏘鳴球洞天無恙老仙去啞虎酣臥銅龍愁猨蔫兔絲構巢窟南漢天華宮蠢爾螳臂操戈矛往年土匪之亂眼前福地歷陳刧何用浩渺談瀛洲絳宮無塵自灑埽丹鼎有訣誰推求長松百尺瀑千尺對此可以消煩憂會凌飛雲瞰浴日盪胷萬里滄溟流

華首臺

路轉不見山人面忽然碧渾忘春陽暄陡覺白雪積林霏結空綠天影漏微白龍竄松銜風偪仄瀑擊石一橋

飛雨花妙香澹無迹幽篁鳴玉琴老蘚展瑤席時聞鐘兩三欲訪僧五百

洗衲石上有飛瀑隱泉道人飯我雙瀑下

煮出青精飯擎來白石邊齒牙有冰雪煙火亦神仙一鉢果枵腹雙龍垂古涎翻愁入城市世味總腥羶

黃龍洞

我來尋黃龍白龍在霄漢何年拖天紳山斷水不斷詎知身已高但覺月先眩僕夫欲前呼片語逐風散峯形千狻猊瀑聲萬鸞鶴路轉迎仙橋足踏白石粲故事談天華土木侈壯觀蓬瀛有滄桑易朽況輪奐飈迴松篁

嘯日落鼯鼪竄洞幽罕逢人楸枰響雲幔

丹竈

丹竈厥土赤云是稚川舊丹成稚川去此竈亦克壽峥嶸壞石護斑駁古苔繡戶扃龍虎守氣閟坎離媾靈薰辟蛇虺寶燄燭星宿撮土持贈人謂可療瘡瘻海國多陰霖秋河瀉春晝欲借一丸泥升天補天漏

佛子嶼

山勢盤凹形人行作之字磴道五百丈欲登鼓其氣福地乃設險仙靈有深意一闢森虎牢眾醜息蜩沸壬戌上匪之亂駐兵於此賊不敢逼時平遊屐富先後裹糧至劍鋩割陰陽鐵

壁抱蒼翠俯窺地軸深罙八元邱闕嘉名易分霞丹崖待鐫識余易其名曰分霞嶺彩禽翩來迎定是花鳥使過嶺多五色鳥

寄題分霞嶺　翁方綱

羅浮二山界舊名佛子凹蓬萊之左股鵬羽掣六鼇到此蒼翠間風雨氣乃交分霞名初勒五色鳥所巢南山分霞嶺記云此地多五色鳥遠寄五字題墨湧千峯高笑酬張子意補昔伊守勞昔伊墨卿守惠州有書來云羅浮山中未有覃谿詩今此補之琅然少霞銘聲接大海潮

黃仙觀　張維屏

手持一瓣雲去謁黃野人野人渺何許笑語空中聞似

云舊相識小別三百春丹邱有故宅曷爲戀紅塵我仙非餌丹紀載多失眞山頂有玉池泉味如酒醇一酌消百憂再酌忘其身逡巡四五酌飄飄躡天根天根亦非遠醉後時可捫子來勿憚勞蝶翅如車輪

宿酥醪觀夜登斗臺

仙人亦酒人酒後善游戲至今酥醪洞風露皆酒氣我來吸空香未飮意先醉諸天綠濛濛仰見星斗翠月描神女眉竹寫安期字洞有符竹定雲野猿縛慧水毒龍制何必乘飇車心出人閒世

登分霞嶺望上界三峯

天衣千萬層霞采密無縫雲來絢丹青雲去幻鸞鳳身
輕足孤撐胸盪目雙縱三峯爭作嶽衆阜忽成甕海浮
一綫白嵐蝕半厓凍青冥如可梯歸風引飛鞵

羅浮歌并序

余既爲羅浮七言古詩意有未盡復爲七言轉韻一篇前用正格此用變格故以歌字別之

我思看山如相人要略體貌觀全神我思看山如畫竹
節節爲之苦斷續卽如羅浮四百峯峯峯面目安能窮
我從羅南至浮北若論大勢粗已得茲山之妙脉絡深
自從開闢直至今尚有勝境無人尋茲山之奇魄力厚

宛若陰陽相抱負中有大氣毋羣岫南交地宅南海邊
海波搖盪土不堅特使名山作重鎮造物此意非偶然
巨鼇壓伏不敢動百粵峯巒皆侍從上公秩遜泰岱崇
專藩職比衡山重金烏出海光先貢羣仙正在朱明洞
種出梅花似美人騎來蝶翅如丹鳳商量佳處留茅菴
山靈莫笑遊人貪君不見當年老仙抱朴子拋却江南
來嶺南

羅浮山中雜詩

玉節珠幡望有無羅浮從古號仙都洞天高處星辰近
莫種黃精種白榆

月地雲堦總絕塵胡麻一飯亦前因師雄畢竟凡心重
纔見梅花夢美人
碎剪餘霞擲紫煙化爲彩蝶去翩躚老仙未必貪游戲
狡獪麻姑尚少年
七十郇翁鬓乍斑自言老屋傍深山醉中親見方瞳客
八卦臺邊跨虎還
路轉黃仙古洞邊松花如雨響琴絃一蓑一笠穿雲去
却被旁人道是仙
支離一叟笑相逢袖拂蒼苔曉露濃他日畫圖添故事
羅浮深處拜孤松余見老松輒拜人爲作拜松圖

戊辰重遊羅浮 八首錄一　香山黃培芳香石

四百三十君一見先歡然問我來何暮揮手開雲煙行
行入深處猿鶴導我前此來務縋幽無失背與肩泉石
如有待一一爲銘鐫

癸酉五遊羅浮至橫雲谷

白龍飲碧潭飛下千丈坂水花噴危石雲邊作蜒蜿雲
去衆山動雲歸萬壑晚但聞水淜湃不知山近遠行行
遇樵子暫出因買畚笑問客何來指點烟徑返

香石同年五遊羅浮賦贈　張維屏

超然抱奇興五嶽不難游山水三生契煙霞一卷收浮山

小志

誰能冒風雪歲暮入羅浮贈我卓錫水清涼消古愁

登羅浮絕頂　　黃培芳

淩晨揩目望氤氳直訪羅浮四百君南斗以南推一嶽北山之北入重雲極天迢遞中峯遠轉瞬陰晴萬壑分咫尺已迷前去路祇應鸞鶴半空聞

飛雲頂　　張維屏

飛盡層雲做絳宮嵩衡一氣接鴻濛鼇頭赤湧三更日鶴背涼吹萬里風南燭樹然天漢暖西池泉活海潮通黃童眞有干霄筆絕頂新題粵嶽雄香石稱羅浮爲粵嶽建祠焉

伊墨卿書來言張南山主講惠州爲羅浮之遊適

答錢梅谿寄所刻坡公偃松屏贊兼寄墨卿南山二首　翁方綱

老守年前憶惠州南山結伴問羅浮書來似說錢翁軸袖有松濤萬壑秋

前身記對松屏案同作羅浮道院僧不是親觀搖醉筆神追古絹幾人能

聞南山遊羅浮賦寄二首　譚敬昭

知汝探奇勝羅浮四百峯鐵橋如可度玉女若爲容山骨洗春雨詩聲酣暮鐘雲飛五更日天海盪心胸

香石愛羅浮年來曾五遊君今成獨往到處足冥搜古

洞仙衣化靈巖佛跡留蓬山躡飛鞋眞作一囊收

庾領衡寒

陳蘭甫

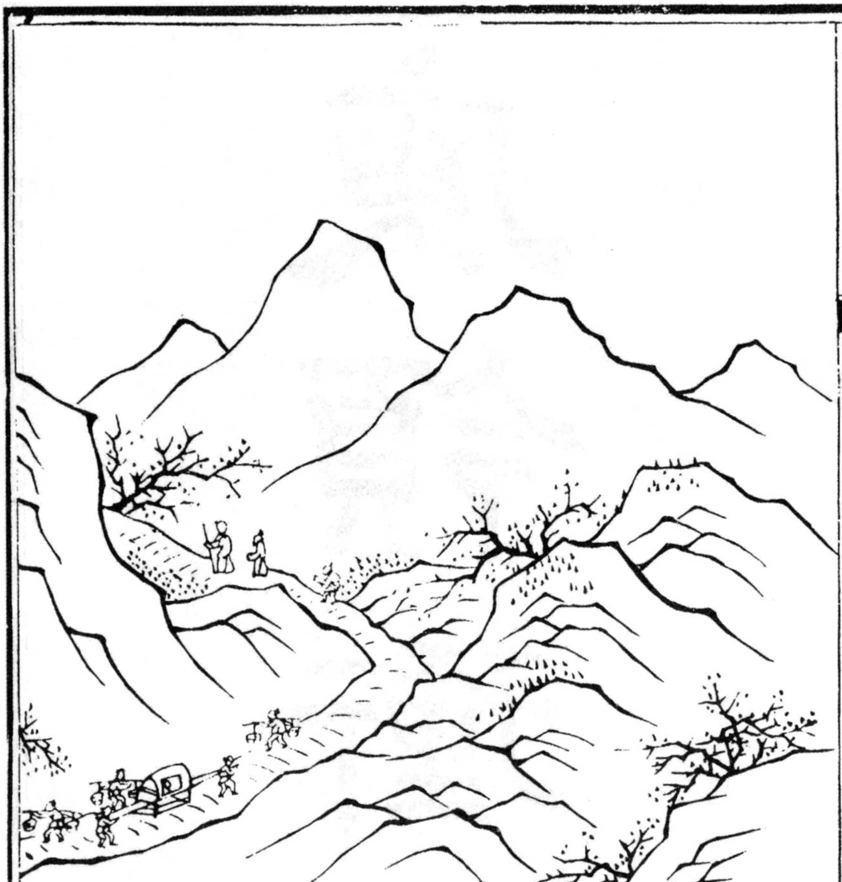

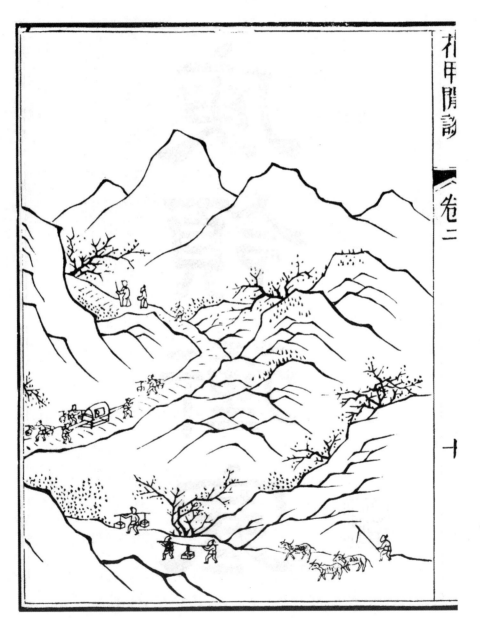

庾嶺衝寒梅蕚
送香古木森森
丞相祠堂

維屏

曉度大庾嶺 庚午

雄關遙矗凍雲邊宿霧猶封古道前五嶺屏藩朝北極百蠻鎖鑰控南天時平斥堠銷烽燧稻穫牛羊散野田絕頂何辭冒霜雪寒梅春在百花先

度庾嶺 丙子

嶺雲岝崿磵泉清雪外梅花鐵幹撑危磴石盤千仞峻斷崖煙鎖一關橫時來佗龔誇門戶事過孫盧悔甲兵今日承平銷戰壘翠微深夜有人行

南歸度庾嶺 庚辰

長途久病竟生還雲意何如客意閒自笑詩魂猶未醒

曉風吹夢度梅關

梅嶺 庚寅

萬綠擁關雲雲中兩界分山開唐宰相嶺屬漢將軍節物看梅子鄉心數雁羣南宗留活水嶺有泉相傳六祖卓錫處不斷澗邊聞

謁先文獻公祠

嶺海人文闢開元相業隆安危一言繫風度幾人同學道侔伊呂論功邁璟崇詞華冠儕輩謇諤耿孤忠鑑古千秋重山巍七寶雄立朝誠侃侃憂國早忡忡仗馬鳴方禁冰山倚未終先幾知石勒內難弭江充渤海猶頒

詔深宮遽伏戎胡雛羞襁褓吉網酷羅罿狠子心原野
楊花勢實訌霓裳按宮徵金鼓震崤潼目極荊州外魂
驚蜀道中孤臣悲馬䰕萬乘墮蠶叢太息忠言棄空傳
祭典豐祠堂屹桑梓風雅振鴻濛後起嗟誰嗣先型溯
不窮笏囊徵故事羽扇緬深衷桂水鳴丹壑梅關矗碧
空蘄巖通鳥道開鑿重神功異代宗支遠前賢譜系通
祥光芝翁葩遺址石玲瓏皎皎天中月冥冥海上鴻高
吟曲江句松檜起長風

松寺疏鐘

陳澧之印

小字蘭甫

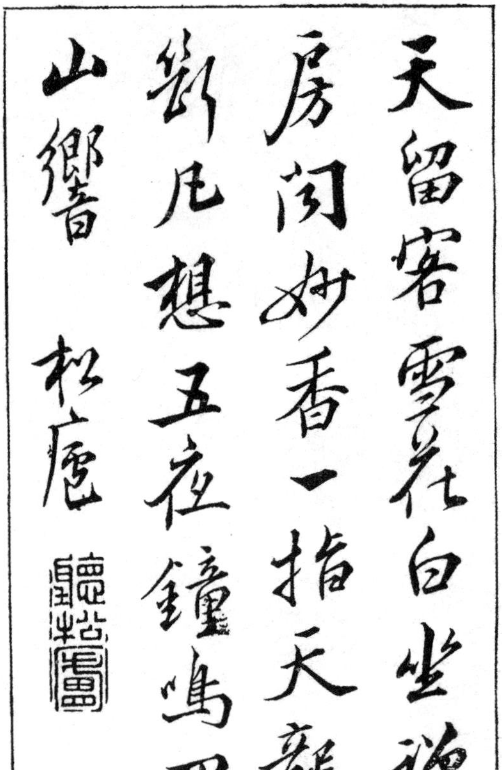
天留客雲花白坐禪
房閒妙香一指天龍
斷凡想五夜鐘鳴四
山響
松厓

錢塘懷古

張維屏

曲折江流帶具區潮通龕赭卽歸墟如何東下錢塘水
不入南條禹貢書柳岸氷消春欲動葑田泥積澤防淤
憑誰健筆追枚叔一賦秋濤鬱抱舒
妖鳥羅平自絕蹤鳳山王氣已潛鍾時來木石皆衣錦
運盛江湖亦避鋒陌上花招新蛺蜨峯頭雲立古芙蓉
虎符龍節知何處一杵飛來水寺鐘
表忠片石尚嵯峨天水偏安奈若何江上龍飛新殿宇
夢中人索舊山河三千鐵弩精靈避十二金牌涕淚多
成敗茫茫誰料得海門東望卷滄波

泥馬歸來脫楚囚西泠山水足忘憂蹇驢背上英雄老
蟋蟀聲中敕勒秋鍋可銷金輕社稷券曾鑄鐵賜諸侯
逋仙一去梅花冷看到冬青鶴亦愁
長城自壞恨蒼茫講武空傳女教場二聖車塵悲絕域
六宮粉黛愛戎裝皋亭兵入桃花笑天竺丹成葛井荒
毅魄鴟夷猶血食寒泉爭薦水仙王

西湖

一舸衝寒盪曉煙澹妝西子更嬋娟居人長住眞奇福
過客能遊亦勝緣但有漁樵都入畫卽論雞犬易成仙
老僧悟得無言旨湖水空明山皓然晚遇大雪

雪夜宿西湖淨慈寺聞南屏曉鐘　張維屏

我與松有緣見松大歡喜吾廬曰聽松遠隔四千里西湖欲畱客跳珠雨不止佛堂亦聽松堂名聽松茲緣非偶爾人生本如寄去住無彼此眼前忽支離身在衆香裏開門雪滿地示我淨明理一聲南屏鐘覺悟自今始

同作　番禺林伯桐月亭

湖船昨敲冰野望甫登陸日午雨霏微羣峯似新沐同遊倦欲憩山徑南屏熟寺僧解敬客殷勤願畱宿酒酣萬籟寂雪月眞可掬空階一片白似以船爲屋茶芽出龍井煮雪沁心腹佛火徹宵明詩情中夜速清極不能

寐曉鐘響山谷

同作　　番禺 金菁茅 醴香

言尋西湖春步入南屏寺向夕花雨繁諸天方玉戲老僧出留客饌已伊蒲治風濤響盈耳栴檀香撲鼻欲結三宿緣共叅四禪義破曉一聲鐘行行不遑寐

此遊爲嘉慶辛未正月初八日同遊者四人向有汪益齋銘謙益齋卽於是科成進士入詞垣後改官刑部總辦秋審由郎中出守官至太原府知府爲人精明渾厚有守有爲中道云亡衆論惜之同遊亦有詩覓其稿弗得附記于此屏識

雪後登望湖樓　張維屏

一峯絮帽頎而脩數峯濛濛如水流窈然一峯墮寒碧上有煙氣青浮浮欲合全湖展清眺一樓高據湖上頭琉璃不動冰鏡淨湖光倒把天光收詩情得得上驢背畫本續續添漁舟我曾五月此盪槳千株風柳鳴蟬稠重來俯仰萬象肅歲月回首飛光遒天公偶然作玉戲似與遠客供清遊嗚呼白蘇不可作千載精魄宜勾留當年南宋支半壁君臣宴樂江山羞風煙斗覺橫白雁雪浪直欲騰金牛興亡往事入冷眼蒼茫獨立生古愁南屏鐘動四山響山僧勸我浮一甌瑤天玉地洗塵骨

坐見老佛凝雙眸蒲團可借永今夕輪蹄去路長悠悠
大千浩浩總如寄此湖此客皆浮漚

嚴瀨釣臺歌　黃培芳

富春之山看不足萬嶂千崖漢時綠釣臺百尺擲長竿仰視雲根有芳躅儒冠十萬頌莽新誰識斯人在林谷清風振起六合間展足何難加帝腹沈冥妄測藪澤鴻翺翔自舉雲霄鵠江上星辰尚帶寒祠前樵牧皆如玉羊裘五月本無心灘光七里依然曲我來停櫂挹餘芬天風清泠送疎竹君不見大江滔滔去不還一洗人間利名辱

嚴瀨釣臺歌　張維屏

桐江江水流滔滔釣臺壁立江天高灑然清氣被六合

後人賣菜徒嘵嘵文叔從來稱大度娶妻早有姬姜慕
當時物色君念臣他日椒房新間故先生蕭然垂一竿
身世俯仰雲水寬釣璜豈效周尚父遯野足配商甘盤
畫眉聲急江風起坐擁羊裘山色裏不從吳市學神仙
肯向雲臺博青紫故人狂態左右瞋太史入奏非無因
若云一臥犯帝座後宮玉體多橫陳紛紛鄙夫戀榮祿
炙手權門頸先縮多少男兒七尺身不及先生一雙足
千秋帝友非偶然一代氣節能開先君不見將星熊熊
或墮地客星終古寒芒懸

蘇臺鐙舫

陳澧

陳蘭甫

姑蘇臺安在哉闔閭
墓虎丘路畫圖但寫
虎邱寺詩篇多詠
吳郡事　南山

南山

姑蘇懷古　張維屏

姑蘇臺畔草芊芊過客山塘又泊船虎氣一邱橫夕照
魚腸千劍化寒煙人傳甪（音祿）里爲商皓我道鴟夷是水仙
問訊滄浪亭在否清風明月不論錢

短簿祠邊立曉風三高雲外望晴虹朱欄樓閣參差出
綠水溪橋宛轉通穿塚死當親烈士吹簫窮易困英雄
五人墓上誰澆酒花片飛來似血紅

干莫雙棲枉苦辛鑄成神物動星辰試思斷髮投爐日
何似齊眉舉案人傾國採香眞採恨荒墳埋玉不埋因
瀟瀟暮雨吳孃曲旅客聽來倍愴神

破楚門空霸業消春山猶作翠眉嬌公法滅畱頑石
伍相魂飛徙怒潮歌扇舞衫千日酒風廊水榭百枝簫
扁舟載得吳宮月直到揚州廿四橋

洞庭靃濯

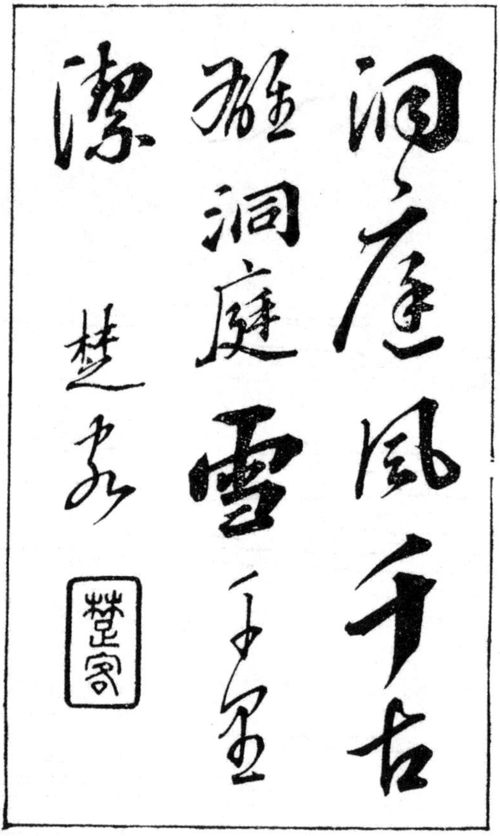
洞庭風千古
雁洞庭雪千里
潔

楚中懷古　　張維屏

上公衡嶽鎮南維綠字苔封岣嶁碑召虎來營江漢宅鬻熊去作帝王師菁茅易納荊州貢檮杌難稽楚史遺聞道重華停翠輦蒼梧雲影至今疑

帆隨湘轉見平川淚竹斑斑斷岸前三戶人煙沿漢水九疑山色壓蠻天風騷自結芙蓉佩詞賦眞同日月懸目極長沙傷賈傅竟將憂患損華年

三巴盤曲抱江根七澤蒼茫接海門南國哀絃騷客些東風香草美人魂烏騅事業悲長劍黃絹文章託大言流水桃花隨處有不須重問武陵源

雪花飛過洞庭東一片湖光接混濛臣里夢魂春樹外
君山眉黛曉煙中賦成鸚鵡才何益悟到軒轅樂本空
眼底蒲帆三百幅快哉同借大王風

洞庭湖大風雪放歌

蜚廉赫怒鞭五丁排山倒海聲砰鍧巨靈空際一鼓掌
忽從玉京來洞庭嚴冬水落黃沙積天意似憐洞庭窄
全湖頃刻堆琉璃千里空明同一色我疑洞庭君龍戰
東海涯赤龍長驅白龍北鱗甲萬片隨風飛又疑湘夫
人雲中正沈醉并刀亂剪英瓊瑤幻作天花散平地層
冰壓水勢未休老蛟僵伏征鴻愁紅塵變滅何足道一

夜白了君山頭撒鹽起絮才雖好畢竟纖纖言近小玉田萬頃盡膏腴炊作瓊漿供一飽党家小兒憨且癡但解帳底陪妖姬袁家高士頗不俗又苦瑟縮同蛜蝛岳陽咫尺無多路凌晨跨鶴横江去純陽老仙當復來不醉茲樓醉何處書生豪語且勿誇亦勿險韻哦尖乂大河以北百萬家望歲未免勞吁嗟方珪圓璧天弗惜下尺上尺嘉禾嘉窮民無告收秉穗富家大吉盈篝車此時對酒歌白雪不憂凍管難生花詩成雪霽亦快意湘東一角舒紅霞

揚子[illegible][illegible]

陳澧之印

蘭甫

獨上南樓大江東
去雨點金焦送余
飛渡　南山

由金山放船至揚州遂攬平山康山諸勝得詩四
首　　張維屏

江心樓閣俯層瀾吳楚蒼茫此大觀兵甲氣銷餘鶴唳
波濤聲定有漁竿金山便是中流柱鐵甕曾開上將壇
擬訪焦仙同極目蓬萊東望海漫漫

平山堂迥蜀岡頭賢守當年集勝流北宋人才金帶盛
西京文字玉杯留祇今煮茗依禪榻自古談詩重選樓
更向梅花拜高塚清風大節共千秋

草堂臨眺稱詩家古蘚斑斑石徑斜七子高風山對屋
二分明月水圍花空囊有興騎孤鶴枯木無聲集萬鴉

留得康郎餘韻在酒邊猶爲撥銅琶
豪華往事問雷塘眼底蕪城冷夕陽芍藥空聞金比豔
瓊花不見玉生香數株衰柳煙帆重幾點疎螢露草荒
只有玉鉤斜畔月照人歡笑照悲凉

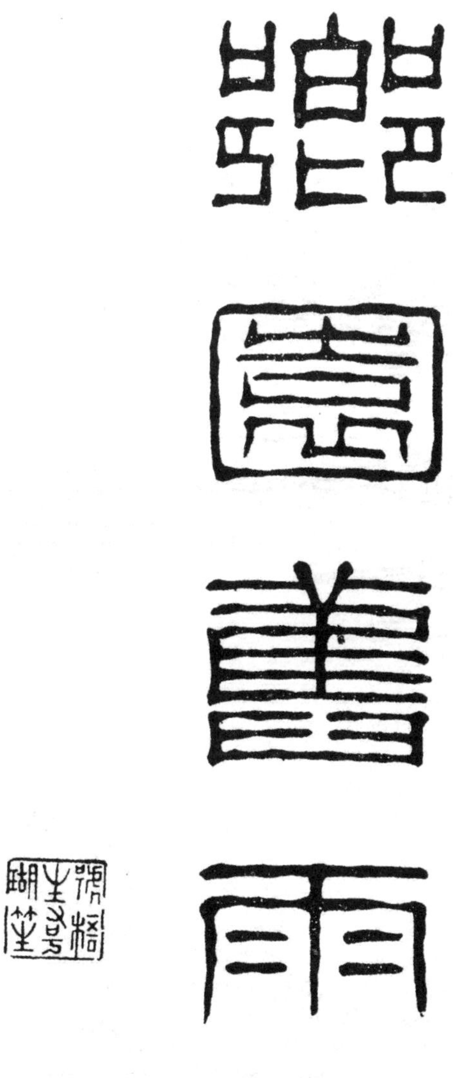

簷雨踈踈星

落落我思故友

笑言如昨 南山

秋夜懷薌圃先生

泠泠竹下泉踈踈花上星欹枕聽秋雨開門知夜晴解帶步前除暗聞松桂馨徑濕啼露蛩衣輕墮風螢素交曠良覿欲往無脩翮古愁積肺肝尺素何由明迴飇入羣木散作幽琴聲

南山有詩見懷次韻奉答　　仁和 徐本義 薌圃

盈盈隔一水脈脈覩雙星靜覺夜氣冰爽愛秋空晴美人惜離居遺我蘭芷馨風前披尺素扇底流宵螢我老何所爲病鶴垂霜翮君才方盛年奮翼登承明高岡集鳴鳳雝喈振英聲

大通寺同南山作　南昌　漆修綸雲窩

野寺行蹤少禪扉晝亦扃癯僧雙眼碧古佛一燈青煙雨境常在風帆人不停浮生閒半日吟眺共江亭（寺有煙雨井煙雨亭）

同作　張維屏

松樹一千株松陰石路紆鶴聲雲定後龍氣雨來初佛睡龕留火僧歸艇有蔬茫茫誰達岸吾欲借團蒲

二高傳

二高者高士徐漆兩先生也皆有高行爲作二高傳

徐先生諱本義字申之號薌圃浙江仁和人父游粵生

三子先生其仲也兄本仁名孝廉弟本禮以神童稱先生爲諸生於書無所不窺尤熟史事古文學柳子厚詩學漢魏六朝三唐書學顏魯公貌淸臞性狷介非義不取廣州太守欲延先生課子先生曰士豈可出入有司衙署耶卻之平侍郎恕與先生善侍郎視學粵東邀先生襄校先生曰吾當避嫌卒不往家貧課徒主人禮稍懈先生辭去曰身可窮餓道不可貶損也先生事親孝兄弟相友愛本禮卒先生哭之慟晚歲得一子忽殤遂恍惚有心疾一夕飲酒醉且哭取生平所爲詩文摧燒之家人趨止之僅存詩數十篇先生工制義門弟子得

其指授多取科第先生竟以諸生終金兵部菁莪性伉爽嘗醉後大言曰吾生平止服兩人萬卷羅胸功深四庫其惟吾師紀文達公乎千仞壁立不染一塵其惟吾師徐薌圃先生乎

漆先生諱修綸字漢青江西南昌人讀書廬山雲滿窗牖因號雲窩補縣學生肄業豫章書院萬侍御年茂居官侃直有萬鐵頭之目爲山長性嚴毅少所許可特愛重先生侍御卒先生哭失聲既而省親至粵東親病先生侍左右數載未赴試親歿遂棄舉子業相國戴文端公衢亨未達時與先生莫逆既貴盛以書招先生親友

皆勸駕先生曰吾性情不耐拘束文字不喜應酬安能
爲宰相賓客耶卒不往先生寡嗜好旦夕手一卷時或
出遊每遇泉石清幽林木茂密處輒徘徊久之先生布
衣疏食居陋室故交有巨富者過之問先生有所需乎
先生曰無所需也年七十餘一夕夢道士邀往匡廬既
寤賦詩有云爲語同行姑少待卽拋書劍踏雲來未幾
病卒無子以兄子嗣
張維屏曰嗟乎文人阨窮如兩先生何其甚也何其甚
也余弱冠時自顧無以異於人而兩先生特異之引爲
忘年交不見輒思見輒喜形於色談竟日不倦今兩先

生歿已三十餘年而余亦衰且老矣每思古高士如梁伯鸞徐孺子管幼安諸賢其立心砥行超乎流俗以兩先生方之何多讓乎何多讓乎

柳色 四首錄二　　張維屏

秦關漢苑又隋宮舊恨新愁在眼中霧影迷離天遠近
煙痕狼藉水西東牽來芳草和雲碧襯出桃花特地紅
記否河橋同送別數聲長笛一帆風

濃於桑柘淡於苔積靄浮嵐幾費猜翠幙有紗鶯坐穩
碧城無鎖燕銜開三邊旌旆征人淚六代雲山賦客才
似恐春光頻漏洩深深圍住好樓臺

同作 四首錄二　　番禺潘正亨伯臨

淺深春色短長亭萬縷柔條一抹青宿雨殢寒仍漠漠
溼雲如夢已冥冥馬嘶遠岸黃金轡酒盡清江碧玉瓶

重唱渭城三疊曲，故人西去不堪聽。

東風著意釀輕陰，遮斷桃花豔影深。衣上酒痕禁再染，笛中春思渺難尋。青旗芝蓋才人筆，紫陌黃塵少婦心。自顧封侯無骨相，翠樓清曉莫登臨。

夜來香　張維屏

花偏似葉綠成堆，卜夜何煩玉漏催。如是我聞方夢覺，了無人相有香來。娟娟月上簾初卷，嫋嫋風回戶半開。空裏木樨同入妙，綺懷禪味兩難猜。

同作　番禺　金菁莪藝圃

夜來來處了無痕，香國憐香證宿根。入室仙心生縹緲，

隔牆花影動黄昏幽芳寂寂誰爲伴遲步姍姍欲返魂
薌澤微聞人不見月明風定自開門

木棉　張維屏

燭龍騰躍欲燒空出海珊瑚萬樹紅天爲芳叢生柱石
人來香國識英雄朱葩自耀南離色赤幟猶存西漢風
似此花王眞不愧牡丹低首合推崇

同作　潘正亨

越王臺上日曈曨崛起虬枝照碧空草木千年朝赤帝
江山終古煥雄風火排楚炬看無異松受秦封恥與同
（北地無此花）寶蓋丹幢迎漢節書生眞有氣如虹

秋晚集南墅聯句送金藝圃北上

簪盍方投契金菁莪筵開忽送行清歡聯翰墨張維屏壯歲奮功名兩載觀摩切潘正亨三餘賞析并易談王輔嗣潘正綱詩述鄭康成考史參疑信潘正常論文互辨爭箴規心莫逆莪篇什韻常賡訪古楊子宅屏嬉春趙尉城荔園珍果熟亨蒲澗冷泉清遊興忘朝暮綱幽懷愜晦明斧痕工畫法常釵股妙書評流水遺琴趣莪穿雲起笛聲松陰碁子響屏柳岸釣竿橫夢蝶莊周戲亨聞雞祖逖驚驥騰他日事綱驪唱此時情煙樹圖南墅張朋峯爲寫南園話別圖莪關河賦北征達鴻應共漸屏岡鳳合先鳴聚散回

頭速亨 行藏別思縈文章憑遇合綱 風節要崢嶸定有

鵷鸞侶屏 難忘鷗鷺盟蘭橈期後會莪 重把菊花餙亨

春日述懷　　金菁莪

一絲心緒裊如煙難與人言欲問天陳迹鼠肝尋舊雨

虛名雞肋逼中年棋枰誤著愁輸局書債空償願受廛

身似春蠶初上箔蟄雷聲動怕驚眠

藝圃兵部見示述懷詩即次其韻　張維屏

喜聞秦蜀靖烽煙厭說蛟鯨吼海天弥虵士多投筆志

蕭閒天富著書年君方里居課徒 一樽且共談風月兼味還須

近市廛燒筍烹魚能過我不妨沈醉對牀眠

寄懷張南山　番禺　吳應昌　醴泉

閒把時賢共較量怪君今尚滯文場丹成九轉仍添火錐歷千磨不露鋩豈果文章憎命達屢憐騏驥蹶康莊駑駘久絕飛騰志猶自爲君鬱肺腸

奉酬醴泉丈寄懷之作　張維屏

官閣同聽宓子絃余與君同受知於邑侯吳象川先生名場先著祖生鞭烏皮几擁三千卷雁翅堂開二百年君家雁翅堂扁梁藥亭先生書日取苡人充藥石君嗜薏米卽說文苡人歲勤秧馬治書田果然教出雙雛鳳桂榜齊登衆口傳喆嗣石屏菊湖鄉舉同榜

樸石太史欲入都久未成行賦此奉寄

張維屏

太史金閨彥何爲守敝廬淸癯親藥裏溫潤比璠璵八口猶艱食三餘自讀書承明需著作行矣莫躊躇

南山孝廉有詩見懷賦此奉報

番禺劉彬華樸石

心折張平子研京已十年高歌出金石奇氣動山川迹類沙鷗放書憑朔雁傳草堂今夕夢重繞薊門煙

春遊同澧浦太史作　　張維屏

芳郊隨處惜春菲緩步歸遲月上扉但使筋骸堪馬磨
未須風雨歎牛衣坐逢佳士清樽滿畫到名山彩筆飛
前日之遊君爲作圖不羨簪纓羨蘿薜近來幽興似君稀

春遊南山孝廉有詩見示即次其韻

南海謝蘭生澧浦

冶春天氣靄菲菲到處名園許欵扉大海釀波成美醞
暖雲裁錦肖生衣無情亦恐神仙老有興能教筆舌飛
問柳尋花吟不倦如君才調見應稀

十二月十九日蘇文忠公生日同宋芷灣張南山賢仲陳仲卿設祀寒玉齋　伊秉綬

自是星精降不辰年年祀與感相因子霞夢斷游儋耳涑水名同冠黨人良夜卜成文字飲荒齋寒盡海天春此時酣睡軒前鶴應念南圭舊德鄰

坡公生日墨卿太守設祀寒玉齋　張維屏

峨眉萬仞即仙梯千古名成壽孰齊西望地靈追太白南來天意配昌黎烏臺有案傷磨蝎春夢無痕破曙雞寒玉主人師玉局瓣香樽酒手親攜

蘇文忠公生日同人拜像賦詩追和墨卿師韻

番禺陳曇仲卿

生從磨蝎感星辰，七百年來此夙因。香火盟如前日事，簪裾會更一班人。湖山作主江南路，笠屐行吟嶺外春。莫向騷壇問吟草（墨卿師壬戌歲設祀寒玉齋有詩），千秋槃敦可爲鄰。

贈劉三山　張維屏

兀傲如公幹酣嬉類伯倫鼎彝三代器襲屐六朝人馬有不羈性雲多無定身心同蹤跡異未礙德爲鄰

答南山見贈之作　番禺劉華東三山

禮法違先輩才華畏後生如何勞說項敢望死留名性直出門懶學荒開譽驚知心有平子片語見深情

清明郊行同漆龍淵　張維屏

柳深路曲小橋斜散步郊原野興賒酒琖墓前澆蔓草紙灰風裏卷梨花古今世態悲墦乞生滅禪機問法華小憩僧廬貴賤同歸一抔土但尋歡樂莫咨嗟

清明郊行

番禺 潫璘龍淵

石橋西去接通津一路紅棉踏軟塵杯點落花除墓酒鬢簪新葉賣餳人雲山浩刼餘芳草松柏頻摧有卧薪過眼英雄只如此養愁天氣惜深春

齋前老梅作花邀蔚巖益齋小飲　張維屏

老樹槎枒雪點新茅簷清曉往來巡偶傾竹葉思良友便請梅花作主人萬里舊遊頻入夢一年暮景又催春關山細雨天涯客折得繁枝定愴神

同作　番禺　胡豹文　蔚巖

荒郊古驛記征途犯雪衝寒感故吾百劫心腸期鐵石三生面目本清臞誰脩白玉堅冰節曾閱千巖萬木枯醉向高檐還索笑幾人眞賞似林逋

同作　番禺　汪銘謙　益齋

春風桃李總羞顏玉骨冰肌共歲寒冷落山中還自放

清高竹外許誰看。羅浮夢幻談空易，鐵石精神畫亦難。
君似廣平風格峻，豈徒詞賦擅騷壇。

贈莫善齋丈　張維屏

先生樂道者，官冷有餘歡。客滿芝蘭室，春生苜蓿盤。酒邊華髮少，花下板輿安。萬卷教兒讀，書聲到夜闌。

題南山松石卷即送入都　高要莫元伯善齋

謖謖松下風，林壑動涼思。幽人手一卷，竹窗獨高寄。人生重特立，隱顯隨位置。守我山澤臞，偉子梁棟器。介節貞歲寒，古色謝春媚。定知雲出山，永毋忘此志。

懷張南山　　南海吳榮光荷屋

南山古詩人，吟詩見風節。賦愁鬼曾泣，抒憤石欲裂。詠史諸篇故鄉粳稻多，騷客衣裳潔。君性愛潔欲往從之遊，江月澹於雪。

舟中寄酬吳荷屋侍御見懷之作　　張維屏

承明畱翰墨，愛日返林坰。秋氣柏臺肅，春風蘭膳馨。君請假歸飛鴻勞短札，倦客畏長亭。余方北上省江月遥相望，詩心入渺冥。

懷張南山　　順德　黃玉衡在菴

經時無一夢有夢即梅花見汝花間醉微吟到月斜青睛睨鷹隼縱筆老煙霞何日淩霄漢晴秋泛遠槎

送在菴太史入都　　張維屏

春去況多病病中頻送人開帆復何事展卷定思親君方校刊尊甫虛舟先生詩集赤日風沙味青雲少壯身鵷鸞滿臺閣鶴骨要嶙峋

越王臺　　伊秉綬

翠巘經秋木未彫，五層樓迥入雲霄。梯航盛處生靈聚，鐘鼓聲中霸氣消。通漢使星占陸賈，背秦前尉有任囂。老佗舊事茶餘說，臺下西風正落潮。

越王臺　　張維屏

岡巒指點說先秦，趙尉雄風迹未湮。臺古曾朝西漢帝，語蠻自號老夫臣。同時逐鹿人誰在，後代呼鑾事有因。聞道陸郎歸橐富，至今遊客往來頻。

見梅花觴南山　曾　煥

浮出溪邊月（白雲山有月溪）吹來嶺上雲山深宜處士花發爲夫君醉向雪中臥香從人外聞此時蒲澗寺惟與鶴爲羣

賓谷方伯見梅花有詩見懷次韻奉答　張維屏

昨夢與孤鶴入山尋白雲曉來見南雪春信報東君茅屋澹相賞妙香空裏聞題襟襟上月振觸感離羣（公官揚州梅花開時集諸詞人於題襟館賦詩）

訶子行弔虞仲翔　曾燠

訶子訶子何龍蔥南州桂樹湘芙蓉美人離憂此焉處坐惜往日悲回風會稽竹箭名天下得而有者惟江東君臣際會果相得孔明廟柏柯青銅骨體不媚猶能容桓王當日眞英雄奈何簡子惡周舍欲學曹瞞收孔融信知才大難爲用家寶棄置蠻荒中蠻荒草木殊莽莽應覩物狀知化工柤棃楸柏易斬伐匠石未許天年終訶林乃與樗櫟同擁腫拳曲無所庸其大百圍陰最濃下築先生一畝宮想見譚經授徒日晨昏硯席煙濛淞先生去後遺愛在相此嘉樹敢不封湛湛長江上有楓

招魂宋玉悲無窮

賓谷方伯建虞仲翔先生祠於訶林招同諸詞人

設祀賦詩　張維屏

嶺南經術披榛菅天遣畸人來百蠻此才豈僅方竹箭文經武緯兼二難大春紛綸詎多讓汲黯戇直艮所安談經每指鄭公謬批鱗頓失吳主歡海濱竟類屈原放身後空思周舍言吾粵後先數遷客宋首大蘇唐首韓韓遇區趙蘇遇石談藝時或舒心顏不知功曹當日徒數百何人載酒勤往還抑或鹿裘道士夢相訪三爻飲畢常閉關卽今欲尋著書處但見樹黑苔花斑緇流惟

解護金塔遊客祇愛談風旛南城方伯古作者千秋鍼芥非偶然流連嘉樹高詠發濡染大筆貞珉刊方伯有詞子行弔虞仲翔詩及虞仲翔祠碑文桫欏陰下集儔侶旃檀香裏陳敦槃詩成便獻達摩祖酒熟試酹菩提根掃除青蠅布几席蕉黃併薦離支丹功曹傲骨來軒軒前房後蔣應隨肩歐黎諸老詩魄耿不散亦當挹袂相聯翩訶林光燄非舍利名臣名士俎豆血食同綿延

光孝寺新建虞仲翔先生祠爲賓谷夫子作

陳曇

昔賢直諫遭遷謫指點江山有遺跡種樹曾居建德園

立祠今就功曹宅自貶交州作寓公遂使青蠅爲弔客曲鍼腐芥語空奇石暈蘭芬才可惜注易功深折孔融談兵識絶驚孫策一人知己意堪傷千秋論定曾方伯舊苑離離事久湮梵宮凝睇感前塵塞北共垂蘇武淚（仲翔徙交州十九年）江南誰省禰衡墳（仲翔徙于交州其喪歸吳）紅雲一片賓筵敞訶子成林廟貌新賈誼屈原眞伯仲高文典册燭星辰（師自製交立碑）如何地老天荒後始識鸞飄鳳泊人敢將懷古蒼涼意寫入迎神復送神

余在粵得張南山孝廉詩卷攜歸吳中沈閏生茂才見之欣翫不置賦詩見貽余因和之并寄南山

吳縣　吳慈鶴巢松

西海有文禽東海有比目閒隔三萬里相思不能托吳下有沈生番禺有張子文采各光怪面目渺秋水賤子聊爲嶺外游每騎竹杖訪張侯攜將一卷驚人句歸與東陽作蹇脩東陽一笑空時彥目有紫光巖下電賭詩渾似得施嬙坐擁行吟夢還見長歌示我何清新誓與張子通殷勤媿我空居十年長凡鱗敗羽無精神安能一疏薦兩生給札盡到承明庭各懷范岫一枝筆對寫

班固燕然銘張侯爲兄沈生弟顧陸同時妙無比偉才有用未逢時話到蹉跎轉流涕長安三月春冥冥落花飛絮交相縈我與二子幕天席地共游賞一日一醉無由醒夢中囈語亦佳句五侯七貴爭來聽蒼茫此願何日遂寄書張子先心傾

酬吳巢松太史兼寄沈閏生茂才　張維屏

豐山得霜鐘自鳴柯亭見竹知笛聲感通於此悟物理篇什況足移人情延陵仙人海濱遇片帆欲返東吳去不愛珍奇陸賈裝却取清寒孟郊句一徑蓬蒿深閉門家餘敝帚強自珍定文誰是丁敬禮解嘲或笑揚子雲

神交喜得東陽彥千里苕岑託深眷秀菊幽蘭各自芳
東勞西燕何時見城南韋杜尺五天岑華寄我雲錦篇
篇中似覩沈郎面一枝玉樹臨風前沈郎少年富文藻
吳季愛才數傾倒江上芙蓉秋未老肯使西風怨枯槁
元和聖德中和詩會見簪毫向蓬島

贈南山孝廉　　桐城姚瑩石甫

煙水蒼茫趙尉城春風啼鳥正嚶嚶求人我信同饑渴相士君堪託死生文到漢秦方論氣詩如李杜未忘名他時短榻青燈裏乞與匏樽仔細評

贈南山孝廉　　桐城劉開孟塗

展我碧瑤箋書君白雪篇孤花豔春色空翠點睛煙此筆自今古有人來海天相逢無限意留記暮雲邊

痛飲不知醉新交翻易愁行藏看一別邂逅足千秋立志在霄漢高文齊斗牛遲迴江上路卻是爲君留

送姚石甫進士還桐城兼寄劉孟塗秀才

張維屏

仰屋虞卿拙談兵杜牧狂無言看短劍有淚夢高堂跌宕詩千首艱難粟一囊煙中片帆舉海色忽青蒼

去歲城西酒歡筵是別筵美人千里外春恨百花前環珮天風遠容華海日鮮豈宜修竹畔空谷老嬋娟

清遠舟中餞送南山先生入都席上口占二十字

南海 葉夢龍雲谷

交君三十年送君八千里欲知别後心請看長江水

次韻答雲谷農部 張維屏

北行往京華南去返鄉里君夢燕山雲我夢珠海水

去年一首寄懷月亭益齋醴香　　張維屏

去年鴻爪四人同客路迢迢畫意中山寺湖船三日雪古淮新柳五更風（自高郵雇手車至清浦）不妨繻學終軍棄（謂益齋）幸免途如阮籍窮今日枌榆鄉社近伯勞飛燕轉西東

答南山寄懷即次原韻　　番禺林伯桐月亭

衡宇相望遠近同懷人偏憶道途中瓜橋關外黃昏月揚子江頭黑夜風（夜渡揚子江甚險）水陸識途因客久雲霄有路豈詩窮（謂益齋）別來念念題襟事不覺星移斗柄東

松臺在雲泉山館

黃培芳

深山雲氣鬱難開風捲濤聲萬壑哀百尺虬龍疑入漢
半空笙鶴快登臺松廬客愛應常至南山癖愛松粵嶽人歸
也獨來每到歲寒思我友嵯峨誰是後彫材

松臺晚眺

張維屏

松風如雨挾飛泉吹送濤聲到酒邊碧海又生今夜月
白雲常護古時天煙霞信宿同幽賞香火因緣悟老禪
爲問鶴舒臺畔石當年曾否見眞仙鶴舒臺相傳安期騎鶴上升處

同遊海幢寺記

陽湖惲敬子居

海幢寺在珠江南隔西引花田北東環萬松嶺爲粵東諸君子吟賞之地八月望後三日順德黎仲廷邀同志集於海幢南村麥學博鼓琴鳳石鍾孝廉吹笛蒼厓黃提舉康侯譚孝廉聽焉而青厓梁中翰與隱嵐呂明經棊於側若不聞者澧浦謝庶常創意畫元人六君子圖立大石圭之其仲退谷上舍及東坪伍觀察墨池張孝廉香石黃明經爲點筆渲墨隱嵐棊始罷亦與其事澧浦謂石庳不足圭六君子退谷增之及尋丈文園葉比部與其仲雲谷農部謂宜歌以詩於是在坐者皆爲六

君子詩且侑之以酒何衢潘比部後至亦爲詩仲廷香石遂諷子居爲遊記栟山張孝廉書之

右記乃節錄其全文見大雲山房文集集中凡稱余皆云栟山或云子樹是歲爲嘉慶乙亥記漏書今補之屏識

送惲子居還常州 四首錄一 張維屏

嶺猿少歡聲山木多勁枝秋心抱冷骨於世百不宜黽勉逐時趨寸步生險巇感君飲以和導我於坦夷執手仲塗許贈言蔣山規君以古文相勗目余爲嶺外柳仲塗瀕行復舉蔣山禪師語相示君歸潔蘭膳和樂鳴壎篪孝友政在家愛日娛春暉

南國古屋

昔居京華唱酬樽俎人多古人其風亦古

南山

寻臨陽冰惠山聽松篆以贈南山篆後有云松石相望於十步外不知幾何時合而相從此語若爲之緣者因賦此詩卽題南山詩卷內

翁方綱

北平輔仁大學圖書館

松石本無意苔岑成夙期竟憑眞氣合不恨淡交遲萬谷笙鐘起千峯雨雪時琅然鸞鶴語卷外許誰知

奉酬覃谿先生見贈卽次原韻　張維屏

海上成連去移情未可期但愁操縵拙敢謂賞音遲公視學粵東後四十年而屏始入都萬卷圍身處三更抱膝時蟲吟兼鳥語本意豈求知

秦少司寇小峴先生招同家船山侍御問陶鮑樹堂侍御勳茂吳蘭雪國博嵩梁潘伯臨比部正亨集寓齋席上賦呈　張維屏

記從珠水送揚舲又向京華仰德星百粵民情深望歲九重

天眷慎明刑但知報　國心常赤每爲憐才眼易青把酒勞公問桑梓海門風黑浪猶腥時洋盜未靖

贈南山　無錫 秦瀛小峴

之子山陰客今爲嶺海人著書松石畔屋外水鄰鄰近日京華住青雲期致身頻年閉關久腹內有經綸

都門秋思

張維屏

崑崙中脈遠崢嶸翼翼山河拱
帝京雙闕雲盤龍虎氣九關風肅鸛鵝聲玉虹跨石飛
泉淨金鼇騰空旭日明何暇崆峒談道訣
至尊宵旰念蒼生
天半清霜壓怒鵰嵯峨樓觀倚丹霄白河雁去傳秋信
紫禁人歸賦早朝夢裏蓬蒿蝸舍遠眼中塵土馬蹄驕
思鄉懷古愁如海轉覺名心似落潮
百年六合一郵亭多少飛蓬與斷萍南海月華今夜白
西山雲氣古時青好奇漫逞談天技望遠思繙縮地經

邱壑高深隨處有世間難得少微星

刀翦能傷獨客心授衣時節怕登臨千林葉脫羣鴉舞
五夜風來萬馬吟種地幾人收白璧築臺從古重黃金
哀絲豪竹朱門裏秋老都成變徵音

同作 四首錄一　潘正亨

兩度探驪失頷珠寶山空手任揶揄梟盧不轉呼無益
花樣難同效亦迂冷眼浮生爭鷸蚌關心鄉味到蓴鱸
秋光無恙詩人屋欠我芙蓉二百株 家園芙蓉此時盛開矣

十二月十九日拜坡公生日題李委吹笛圖

翁方綱

年年我夢赤壁磯掠舟縞鶴凌江飛欲寫江灣研屏底迷茫幻境是又非錢子昔使湘灘路意想臨皋眄雲樹欲摹江船鶴笛圖每懷二客攀遊處此詩待畫畫待詩今來蘇齋乃畫之圖爲錢裴山作七百廿有五載後臘月十九筍脯期電光十二轉壬戌元符之誤王非施誤作元符五年者乃馮山公沿王注本之失耳坡書眞墨像眞影石屏松屏對烹茗烏雲紅日一樓窗蘇室蘇齋[illegible]詩境眞詩唱出鏘玉鳴何用洞簫與餅笙倚巢白鸞鶴語長嘯定駭魚龍聽即今

臘雪盆梅際猶和穿雲裂石聲

覃谿先生招同法時帆宮庶式善宋芷灣湘洪介亭占銓顧南雅蒓三編脩吳蘭雪國博嵩梁集蘇齋拜坡公生日題李委吹笛圖　張維屏

大江不動羣山高磯頭主客方酕醄笛聲飛起石欲裂何人江上浮輕舠李生意態孰想像紫裘腰笛巾飄飄壽公一曲已不俗乞公一詩良足豪鶴飛新製似有意夜半赤壁曾相遭疇昔道士今進士無乃變幻來解嘲東坡鬢眉一可百何況羽客能翱翔白鶴南遷早成讖春睡正美晨鐘敲烏臺羣小壯傾軋玉局眞宰方逍遙

座中微茫辨石畫齋中石屛有烏雲含雨畫意天際髣髴乘雲軺又觀公書天際烏雲詩墨蹟公之精神塞宇宙詩境豈復拘臨皐瓣香再拜何所獻下界箏笛空嘈嘈

東坡生日題李委吹笛圖爲覃谿師作

東鄉 吳嵩梁 蘭雪

大江東去流明月孤鶴南飛載謫仙獨許俊游偕二客誰知下界亦千年公詩快作穿雲弄我夢初迴泛雪船同蘷黃州香一瓣蘇齋讀畫與參禪

拜笠屐像觀烏雲帖再賦一律

張維屏

此日先生雙鬢皤年年置酒壽東坡焚香再展烏雲帖

吹笛誰爲白雪歌淘盡英雄江水急敲殘春夢寺鐘多
鬚眉笠屐長如在玉宇瓊樓近若何

贈蘭雪國博　張維屏

一卷香蘇冰雪詩藏園筆已讓君持金門索米功名薄
酒市論交邂逅奇花月歡場胸有淚江湖浪迹鬢成絲
冷官莫笑腰難折憶向梅花拜倒時蘭雪有滿身風雪拜梅花之句

送南山孝廉出都即次見贈原韻　吳嵩梁

放膽文章刻意詩窮愁性命共支持千秋把臂交原篤
一第登天事亦奇少日才名慚似錦連宵別夢亂於絲
凌雲氣在終須吐莫忘青衫掩淚時

伊墨卿書來云先生春來日與蓮裳南山論詩可羨也是日適得南山手書而蓮裳將歸矣

翁方綱

千里金張叩筏津手山南山皆有札商由蘇入杜之義一源蘇杜孰推論杜惟質厚元無訣蘇取雄奇恐不眞故紙何關拈笑處焚香要共會心人樂吳隔巷精微訊但卓錐來未是貧昨與蓮裳蘭雪論詩未盡所懷

論詩絕句二十四首　張維屏

南幽雅頌逐篇求三百詩中體不侔至聖尼山心廣大短長濃澹一齊收

天地絪緼萬物春緣情綺靡亦天眞風騷兩種爲詩祖
正派何曾廢美人
才大陳思罕匹儔猜嫌骨肉隱戈矛一篇白馬辭溫厚
百鍊剛偏繞指柔 曹子建
言言肫摯入心脾知命知天了不疑志士高人眞見道
莫將平澹看陶詩 陶靖節
太冲風骨自蒼然明遠能開太白先人力鑪錘推大謝
天生小謝句如仙 左太冲 鮑明遠 謝康樂 謝元暉
直道難容相業終李牛繼相致塵蒙先幾早上千秋鑑
豈獨詩開一代風 文獻公

李杜白韓與蘇陸似山似海似雲霞放翁老去遺山出
萬古騷壇七大家李太白杜少陵韓昌黎白香山蘇東坡陸放翁元遺山

情致纏緜李玉溪忽然豪健似昌黎韓碑一首晚唐韓杜皆
情種妙處教人意自迷李義山杜牧之韓冬郎

蔬筍牲牢品雜陳味能適口總堪珍西江骨與西崑肉
燕瘦環肥並可人西崑體西江派

達情宣鬱幾人知何大復云義關君臣朋友辭必託諸夫婦以宣鬱而達情妙悟何
郎我所思可笑迂儒有王柏王魯齋欲删野有死麕諸篇居然奮筆
欲删詩何大復

大言二李空同于鱗自稱尊眞意無多格調存我論明詩三

鉅手青邱懷麓到梅村 高季迪 李西涯 吳梅村

前後南園總老成泰泉中立振英聲翁山湛若奇兼正

旗鼓中原孰與爭 南園前後五子 黃泰泉 屈翁山 鄺湛若

王朱二老合齊名愛好貪多亦定評我獨醉心陳獨漉

十分沈鬱本心聲 王漁洋 朱竹垞 陳元孝

熟處求生妙語言 初白詩每從熟處欲求生 瓣香豈獨在蘇門愛他

猿臂穿楊手不見張弓拔弩痕 查初白

一老身窮一位卑筆端吐氣似虹霓楚中二百年詩客

傑出茶村與度西 杜茶村 張度西

犖石爲詩主眞實惜哉天分似尋常絲絲自縛春蠶繭

不是天孫雲錦章 錢蘀石

大宗雖博太鴻精袁趙多才恰並生同是流傳誰耐味百年吾愛蔣黃彭 杭堇浦 厲樊榭 袁簡齋 趙甌北 蔣心餘 黃仲則 彭甘亭

隨園一叟氣難降力奮船山鼎欲扛頗怪兩雄兼悍潑古詩不免雜油腔 簡齋 張船山

洪厓奇氣自孤行老鐵錚錚有鐵聲太息二雲俱偃蹇一生心力博詩名 洪稚存 王鐵夫 舒鐵雲 周僔雲

馮唐老氣似奔川水石泥沙自轉旋別有樵夫軋新響二樵詩云簡也於爲詩刻意軋新響惜多斧鑿少天然 馮魚山 黎二樵

單辭片語足流傳 如楓落吳江冷滿城風雨近重陽之類 窺豹論斑不計

全要向詩家闢門戶須開生面徹中邊

滄浪禪喻自清微萬派奚爲守一支山力海才雲態度
須知造物可爲師

文數百言猶未了詩纔數語已分明逞奇炫博誇能事
欲沁心脾在性情

性靈未許空疏託氣味難將聲貌欺愈苦愈吟詩愈病
幾時良藥遇良醫

詩人如林詩集如海欲悉數之更僕難終矣意到則
言未到則否所論多
國朝人時近也多粵東人地近也未論者他日補之

山尊學士連日枉顧賦呈　張維屏

延陵豪氣復多情此日騷壇合主盟四大禪牀邀學士同遊龍泉寺二分明月待先生時主講揚州身閒自放青霄鶴筆健能驅碧海鯨衣綵還山潔蘭膳中年心已澹簪纓

花鳥湖山互主賓廬陵老去鬢霜新禁中久識凌雲客江左今多立雪人軼事徵來聞見博古歡結處性情眞高軒累日尋蕭寺香火前生或夙因

次韻奉酬南山孝廉見贈　全椒吳鼒山尊

初交自詫儘多情文事翻疑夙有盟誰薦陸機媿先達每逢李澗念平生雪天寒色畱羈鳥澤國晴波起伏鯨

京洛相逢衣尚素不須清水濯冠纓
弱冠曾充上國賓文章未老鬢毛新千秋自我無窮事
四海如君有數人古義濯磨如矢直歧塗面目與山眞
嶺南諸老何曾死高下川陵大可因

讀南山同年詩集賦贈　歙縣　程恩澤　春海

蚓竅聽詩意不平如君瑰麗更縱橫乃知韓杜眞源在
不放蘇黃異態生華首蝶飛衣絢爛扶胥龍蛻骨崢嶸
會看萬里風雲氣一洗三春涕淚聲
西涯相見道前緣（今夏始晤於西涯酒樓）緣在天涯十六年（甲子同鄉舉）
昨日偶參金粟佛今宵深拜蠹魚仙科名早畢親心

慰帖括能拋古學專孝子苦衷才子志臨風傾吐倍纏綿蠹間所談如是

春海太史同年見贈七言律詩二章代攄鬱抱情見乎辭賦此奉報　　張維屏

西涯樓畔看花來傾蓋逢君鬱抱開六代奇文騷作骨百年交誼酒爲媒參禪直入維摩室同遊龍泉寺懷古頻登郭隗臺病馬蕭蕭鳴欲倦孫陽時爲拂塵埃余病數荷診視

十年前共掇秋香君上雲霄我道旁東觀書多藜許照中流帆弱葦難杭少陵勳業看清鏡長吉心情託錦囊枉贈瑤篇意溫厚頓敎寒谷轉春陽明日長至

盧溝曉行　黃培芳

桑乾遙導亂流侵綰轂都門轍跡深一水河梁千古月
九州人物五更心雕欄獅子尋文石茅店雞聲出遠林
最是馱鈴催去急霜寒烟白憶分襟

盧溝曉行　張維屏

馬上風霜車上塵北來南去幾艱辛鄉心黯澹名心熱
都是盧溝月下人

與子皐夜話　　張維屏

客身忘却在長安啜茗挑燈話夜闌新俸剛從天府領（子皐領庶常俸）好花偏向佛門看（牡丹盛開）東華有米居猶易南郭無田退亦難期爾蓬山振鸞翼曰歸吾且把漁竿

侍南山師夜話賦呈　　南海　馮賡颺（子皐）

燈影書聲記昔年春風猶似講堂前雪窗早鑄桑公硯雲路遲揮祖逖鞭自愧菲材入蓬島羣推老將在幽燕只愁萍梗蹤無定話到分攜轉悵然

夜過芙初太史寓齋案頭有黃仲則詩集太史知余所愛即以見贈攜歸僧舍讀至四鼓走筆得句即柬芙初

張維屏

身慵躭臥罕所詣興發敲門把君袂紙窗虛寂木榻寒君室何曾異蕭寺燭花短短談深深論交所貴能知心看君宦味近何似翩若倦鳥思投林薪桂米珠同旅食蘭若木天均是客各有衰親已白頭莫道無田歸不得月光入牖天風來兩當集名在手雙眸開三百年來論詞客要讓此筆稱天才長安車馬聲如雷榮枯過眼同飛埃蒼苔骨冷詩卷在異寶安得埋蒿萊饑鶴修翎飛不

起詩可窮人竟如此生平師友總賢豪謂朱笥河翁覃谿畢秋帆洪稚存諸先生知己得人可以死袖詩歸去耿不眠高吟驚破孤僧禪抛書夢到江南去君夢還鄉倘相遇君與仲則皆常州人

南山步月見過茶話良久余齋頭有黃仲則詩南山愛之遂贈之越日長歌見投因次韻奉答

陽湖劉嗣綰 芙初

終日車忙隨所詣夜忽逢君握君袂喧然富貴擁朱門君獨離羣入禪寺清宵欵語情何深如燭照面鏡照心月中烏鵲飛繞樹只有倦翮思歸林五侯鯖多衆客食嚋昔同鄉是行客一編且讀黃香詩想起黃壚眞慟得

屋梁月落防悲來攜手且放胸懷開蟲吟鳥歎世不少
要脫凡語須仙才蠅聲如帀蚊如雷車馬入夜猶塵埃
十年埋首黃金臺堪笑此骨稱蓬萊孤寒八百沈難起
誰識知心竟如此弇（音甯）山已逝倉山亡（謂秋帆隨園兩先生）可惜愛
才人已死歸心耿耿欲廢眠須作行腳眞高禪尋君今
夜敲門去肯待還鄉夢中遇

遣懷　　張維屏

浩蕩乾坤寄此身悔將詩句役心神一生不幸稱詞客
萬古能豪是酒人書好果堪消白晝花遲可惜近殘春
掩關底用嗟岑寂彌勒同龕卽比鄰

遺懷次南山韻　　鎮洋　盛大士　子履

吳山粵嶠兩吟身氣誼文章若有神海內每深知己感
天涯豈少素心人村帘酒薄難成醉野館花繁不當春
何處客懷遺岑寂筆牀茶竈接芳鄰

南西門外小餘芳亭子同盛子履黃香鐵分體得
七言絕句　　張維屏

出城頓覺碧天寬水柳煙蘆入畫看一輛小車如小艇
好風吹到白蘋灘

戴笠論交意最眞會難別易轉傷神怪他隄畔千條柳
只繫鄉愁不繫人　子履將出都

同南山香鐵集小餘芳亭子分得五言古體

盛大士

雲氣澹浮郭倒影落酒杯不知百年客亭中醉幾回我行尚濡滯同好相徘徊忽疑故鄉樹青入西山來雜花半開落清流自瀠洄江湖千里別暫此笑語陪浩然發清興肯待斜陽催

同子履南山出南西門即事賦詩分得七律

鎮平 黃 釗 香鐵

車箱飛滿六街塵出郭忻然眼界新展黛青山圖靜女折腰楊柳拜風人暮天雲濕還疑夢遠樹煙多不見春

莫笑東華但冠蓋九州吟侶自相親

同在菴侍御看菊歸至寓齋小飲有作卽次前歲見懷詩韻　張維屏

花枝偏似閬仙瘦酒味頗如公瑾醇小飲何須殽核富素交且喜性情眞詩歌醉去篇無律奏疏時來筆有神驄馬豸冠期報國漫言歸卜鷺鷗鄰（君有結鄰之語）

答伯臨兼懷南山　黃玉衡

龍鸞矯矯性難馴天遣淸才老更醇問世文章千卷拙（伯臨久困場屋）懷人心事百年眞江湖秋濶多鴻雁風雨宵寒有鬼神欲約雲泉山館客萬松嶺畔結吟鄰

送南山大令之官楚北　仁和　許乃普　滇生

神山風利忽回舟直下長江萬里流天遣詩人作循吏我知民命待賢侯不妨遊戲雙鳬舄莫話文章五鳳樓聞道波濤瀛海濶何如吟嘯到黃州

次韻酬滇生太史郎以誌別　張維屏

宦海茫茫一葉舟浮沈無定任江流鳶肩敢比周爲客年來數爲鉅公草奏　御文字猿臂休談廣不侯師友多惜余不入詞館三楚煙波連鄂渚九霄風月傍瓊樓君入直南書房偉才豈獨工詞賦事業期君督八州

秦良玉故營歌今名四川營　效吳祭酒體

山陽　李宗昉芝齡

恃功邊將多輕敵未解酬恩況巾幗徵兵入衞豈良謀
將悍兵驕兵亦賊明衰九土起征烽白日黃塵晝瞑蒙
主帥失和多僨事懦儒謀國迄無功財竭兵殫潰心腹
羽書征調馳巴蜀部號川中白桿兵旗書石砫秦良玉
戰鼓聲喧大漠天偏師來援泰昌年渡河一戰全軍歿
錫服重勞二品頒倉皇未議浙兵事更達封章道臣意
鸞書乞錄戰臣勳貝錦空愁讒口肆駐軍幾日要西歸
故壘荒寒烏夜啼百戰西垂頻保障一門諸帥動光煇

永平失守神宗世慷慨勤王多死誓榆塞城中已復讐桃花馬上猶承賜平臺新捧御詩回但遣兒曹宿衞來不信連營雄鐵壁空餘遺址傍金臺闈內英名照青史爭誇功勝奇男子豈知勢蹙緣威輕事急求之非得已寒煙衰草夜茫茫日轉星回啟曙光屋瓦魚鱗戶稠疊旌門鹿角跡消亡滄澳經過時節變容齋曾賦行軍硯故人好古首空回遺草難編淚如霰同年宜黃洪介亭藏良玉行軍硯曾以詩贈今歿已一載矣更聞御史藏幢多小像猶堪認翠娥今日與君尋故蹟屐痕深巷沒青莎彭春農同年家藏良玉小像

四川營歌并序

張維屏

讀芝齡師秦良玉故營歌其地即今宣武門外

四川營也同效吳祭酒體即以四川營名篇

四川營外桃花紅行人指點談兵戎當年此地列鵝鸛
巾幗凜凜傳英風吁嗟明季軍威喪流賊縱橫忽西向
烽火連天蜀道難紅妝一騎來飛將飛將原來女勝男
韜鈐閫閣竟能諳問姓定宗秦叔寶同名羞煞左甯南
兵孱將懦多惶怖大振軍聲憑石砫三萬西川白桿兵
寇盜聞風亦知懼女將英雄孰與京今來古往試推評
專閫夫人洗誠敬復讐孝女沈雲英召見平臺賜顏色
天子臨軒揮翰墨捧出天題荷寵光龍章合付弓衣織

奉詔勤王旣奏功毀家紓難保蠶叢繪圖扼隘策不用
卒部拒賊完臣衷神宗殉國福王走錦繡江山不長久
聞道秦家舊錦袍故物摩挲猶世守宣武坊南有故營
桃花馬上想傾城畫中小像應無恙我欲馳書問老彭

彭春農學士家
藏良玉小像

粵思篇呈賓谷先生　　張維屏

菖蒲澗下泉訶子林中樹至今粵人思是公舊遊處粵人既思公公亦思粵人鯫生自粵來公意良殷勤愛才如渴飢愛詩入骨髓公身似閒雲公心若止水國朝盛詩家瑟琴雜箏琶願公裁僞體復古正而葩公方選國朝人詩

答張南山二首　　南城曾燠賓谷

不到聽松廬清風屢相憶君自松間來故枝高幾尺喜君若松健霜雪不改色自愧蒲柳姿心枯貌非昔幸君施妙手爲我起衰疾君善醫

吾身固多病吾詩亦尋醫醫宗苦難尋古法今寖衰昌黎薄餘事揚子鄙不爲云何魯中叟訓人必先詩詩誠關治化匪僅工歌辭聞君宰江漢所至民謳思鍼砭何以投苓朮何以施其法入腠理苦心惟自知我老已無用性癖猶在茲無補費精神君謂宜不宜

同張南山吳小穀遊尺五莊看荷花

曾燠

莊前有枯樹莊後有新墓卅載小園林主人屢非故花時不飲酒毋乃浮生誤忽思萬柳堂廉趙聽歌處元廉野雲萬柳堂當時宴趙松雪有姬人歌驟雨打新荷之曲荷開五百年妙曲更誰度

賓谷先生招遊尺五莊　張維屏

南城老詞伯招我宜南路言訪尺五莊出郭愜幽趣妙香聞風荷涼碧暝煙樹柳邊車似舟水際客如鷺自有此莊來遊者想無數幾人邀吟朋於此得佳句事過留荒園人往出新墓屋後有墓深夜月明時精魂或來聚

懷張南山大令五憶詩之一　歙縣徐寶善廉峯

我憶張平子鵬翼南溟搏砥節植竹柏吐辭戛球玕王喬飛楚舄雲龍逐新歡金尊照江水梅花伴清寒驅車廣陽郡雲陰夕漫漫我悲失春暉君亦泣素冠相思一萬里迴腸鬱千盤道遠莫致之南望摧心肝

寄巢吟社歌爲徐廉峯太史作　張維屏

大千世界同一巢或爲鶤鵬爲鷦鷯百年一瞬等寄耳須彌芥子皆空泡大塊刁調宣噫氣吾曹各自鳴其意巨比鐘鏞固足豪小若笙竽不嫌細古人多似恒河沙至今不死傳詩家佳篇俊句性情在想見歡笑還咨嗟千秋寂寞名何用適意眼前且吟弄月地花天集故人持螯剪韭開新甕建安才子徐偉長玉山家學勤縹緗尊甫闇齋先生有玉山閣詩文集顯風緝雅有詩癖攬環結佩登詞場京華本是才淵藪苔岑易得同心友相逢意氣逐雲龍相望光芒燭星斗秋陰壓屋風掃開登高望古方徘徊

郭隗樂毅呼不起一杯且酹黃金臺祝園怡園安在哉當時冠蓋同飛埃尙留韻事在人口始知富貴輸清才康熙間徐健菴尙書大會諸名士于祝園雍正間王載揚徵君大會鴻博諸君于怡園蘧廬傳舍均如寄墮溷飄茵從位置絳霄鸞鳳自騫騰碧海鷗鳧亦游戲我將一葉浮江湖余將出都東勞西燕傷覊孤故巢遠隔聲不隔海天萬里遙相呼

爲南山司馬畫竹嶼閒雲圖幷題句奉贈

吳縣潘曾瑩星齋

君心淡似雲君詩秀於竹擾擾人海中幽情托空谷我讀雲泉歌羨君抱清福日坐修竹軒涼意滿溪曲一別

七千里悵望好林麓爲君寫此圖秋心寄尺幅蒼翠空濛中嶺雲自相逐何時續清賞小結三間屋醉月騎青鸞看山引文鹿倦枕白雲眠詩夢伴凉綠

星齋待詔畫竹嶼閒雲圖并詩見貽賦此奉報

張維屏

詩夢伴凉綠即用見贈句素心知者希風前吟妙句天際忽思歸畫意在空谷秋痕生夕暉何時同佇月一爲理金徽君善鼓琴有夜靜佇凉月抱琴坐深綠之句僕既得詩畫更欲一聆琴旨也

齊天樂

張維屏

醉生水部紅生中翰余二十年文字友也其齋前有太湖石僅數尺而有山意余每入都數過從談讌因名石曰小山爲塡此調贈之并呈小山館主人

幾時湖上煙鬟動移來縐雲三尺似筍偏高如藤較潤妙倩苔花皴碧孤峯峭立看瘦骨玲瓏異姿英特坐甃行吟主人相對倍珍惜　南天飛到一客與延陵二妙同話今昔酒敘離悰詩追夢緒石丈從旁聽平聲得無言脈脈想叢桂當年小山蹤跡意欲留人古歡朝更夕

買陂塘　光州吳俊民醉生

齋前太湖石高僅數尺瘦未十圍敢同巖岫之觀略有嵩嶔之致南山先生以小山目之山如欲笑石不能言類叢桂之畱人傍孤松而承蓋主人因顏其室曰小山館并綴此詞爲小山敬謝知己

想當年翠微尖上。爲雲爲雨。無數無端。獨立燕臺畔。冷閱軟紅。今古情莫訴。似歎惜未逢媧錬將天補。憑誰慰汝。但月地花天。欲追詩夢。又伴酒魂住。　淒涼境。多少苔黏蘚附。愁來曾幾延佇。如今儁賞風流甚。兩字小名

新署誰是主。贏得個南天才子。珠璣吐。花飛柳舞。幸知
己評量。東君珍重。常把綠雲護。

鎖窗寒

光州　吳葆晉　紅生

齋前瘦石南山先生錫以嘉名曰小山並贈以
新詞醉生兄既譜買陂塘一闋代小山致謝余
別塡此調更欲倩畫手爲小山寫照也

何處飛來。烟痕褪蘚。露華肥蘚。詩翁品第。山色六朝深
淺。鎖柴扉濃靑漾空。一峯欲起雲還嬾。贉滿身涼翠吟
肩。同瘦夕陽庭院。　堪羡佳名。換甚米老奇觀。武康俊
選。生綃小幅。妙筆待開生面。想羅浮原有合離。鐵橋夢

醒峯又轉好丁甯幾縷垂楊莫冷看山眼

與張南山書

仁和龔自珍定盦

自珍二十年所接學士大夫心所敬恭者十數子識我先生晚先生於平生師友中才之健似顧千里情之深似李申耆氣之淳古似姚敬堂見聞之殫洽似程春廬僂指自語何幸復獲交此人手書至若以僕爲可語者雒誦不厭襲而藏之與諸師友手墨置一篋中以旌子孫藉知近狀安善改掣江西距家益近世兄英英頎頎譚次書味安詳又知其工雜體文善倚聲不愧驥子詩人徵畧一書讀之大意竟命筆伸紙作一序文惟拙書欹斜不能莊繕一通聊用藁本寄左右承詢述作近居

京師一切無狀昌黎所謂聰明不及于前時道德日負其初心二語足以盡之文集尚未寫定此時無可言者惟將來寫出有一事欲與古人爭勝平生無一封與人論文書也自負之狂言爲先生發之聞阮尚書云有林伯桐者美才也而又樸學其述作若何乞示知其窮達又若何也順承動定不宣弟龔自珍三頓頭四千里外

南山先生史席時辛卯九月望

魏君源居憂吳門其所箸詩古微頗悔少年未定之論聞不復示人弟已遷居爛麪胡同北頭路東惠書勿誤

復龔定盦書　　張維屏

定盦先生足下得手書知體履安善甚慰書中獎飾逾量弗克當大作詩人徵畧序氣體高妙此書已有自序他時續刻當弁諸卷首屏始聞人言足下狂不可近及見足下乃溫厚肫篤人言固未可信也來書謂無一篇與人論文書以此自負屏不以爲然足下將謂並世無可與談古文者耶抑善易不言易之意耶屏謂工文者不必以論文爲貴亦不必以不論爲高春鳥秋蟲欲鳴則鳴順其自然可耳且人之文卽人之言也古聖哲嘗論之矣易曰脩辭立誠書曰辭尙體要詩曰有倫有脊

春秋傳曰言之無文行而不遠論語曰辭達而已矣是皆論文之精言也韓柳諸人尤詳言之後人似無可置喙然文之是非利病日出而不窮今之爲古文者其病約有兩端一曰陳言入家體貌襲其毛皮時文句調搖筆即至習見之辭通套之語疊牀架屋肉腐羹酸此一病也一曰贋古欲避凡庸高自標許竄典摹誥規周仿秦艱深其辭詭僻其字有形無神有人無我此又一病也至若以考據爲文幾類鈔胥以藻采爲文貽譏鞶帨又或矯枉太甚毛去存鞹肉削露筋瘦將及枯淸而近薄重[illegible][illegible]繆過偏失中有能盡捐諸累成一家言者吾

見亦罕矣然欲由康莊自有軌轍本諸身以立其誠準諸經以定其則考諸史以驗其迹徵諸子以觀其趣博諸集以會其通察諸人情物理以窮其變不執成見不囿偏隅隨感而通因物以付如風行水如水行地以是言文其庶幾乎僕弟知之非曰能之昔老友徐薌甫能爲古文窮困以死其業未成徐君歿十餘年而獲交惲子居相見無幾一別永訣言之於邑惲君歿又十餘年而獲交足下子居與足下皆昌黎所謂能自樹立不因循者子居逝矣其文必傳名山盛業又當爲足下期之久不談文聊因來書所云略舉古今是非利病質諸足

下足下得無謂僕饒舌耶林月亭番禺孝廉其著述實事求是其爲人蓋博聞彊識而讓敦善行而不怠者也近日桐城姚石甫江甯梅伯言嘉應溫伊初皆以古文鳴石甫伯言之文不知刻否伊初已刻初稿其文頗能自達所見香山黃子實以詩鳴其所著虎坊雜識頗講求有用之學去人卽發未盡欲言北地嚴寒惟爲道保愛不備維屏頓首

高麗李怡雲屬周菊人孝廉索屏詩並手書小簡
寄聲葢欲屏知有其人也因賦一律用誌神交

張維屏

早聞東國解聲詩水遠山長莫致之豈有文章驚海内杜句忽勞音問到天涯伯鸞舉案妻如客延壽傳書父卽師每遇秋晴春暖日令人神往古句驪

小簡

高麗李在絅怡雲

弟名在絅字文叜號怡雲李氏系出高麗服儒行儒已千有餘年見住王城内數間草屋扁曰嵌蕭館有古書數架已傳長哥耆鉉每於春暖秋晴攜孺人往

來鄉廬鄉廬在城南三百餘里忠濤道保寧縣山水絶勝處　懇菊人孝廉轉寄張南山先生

香閨懷僊

無因有因是緣非
緣詩存舊草夢
化寒煙

蕊珊

小閣

西母驂鸞入絳煙曉風環珮散羣仙卷葹拔去心難死
烏鵲飛來恨莫塡玉鏡有臺安寶魄金丹無術駐華年
紫藤花裏娟娟月曾照娉婷小閣前

紫藤曲

枯槎觸石銀河乾飢鳳泠啄青琅玕天孫不樂住塵世
何苦寫韻來人間匏瓜欲墜罡風起雲軿遠送嬋娟子
遙知高處不勝寒玉樓十二秋如水脩蛾不展枕手眠
夢到舊時亭院邊晴塵漠漠紫藤化化作子規啼暮煙

媛以哭母病歿紫藤亦枯死

懷仙八首錄四

脩成慧業易生天，藥店飛龍竟化煙。溫嶠鏡臺留隔歲，阿嬌金屋貯何年。落梅風颭雕欄外，修竹寒生翠袖邊。不信癡蟇吞魄去，幾番翹首望團圓。

天女乘風訪素娥，怕來禪榻伴維摩。韋郎再世風情減，崔護重尋淚點多。縱有胡麻難作飯，空留團扇不成歌。年年寒食黎花節，一琖椒漿奠女蘿。

雙魚碧海盼迢遙，獨鶴瑤臺耐寂寥。灑淚雨零紅豆濕，步虛風起白榆搖。聘錢天上償非易，鑄鐵人間恨未銷。藏得彩鸞書一紙，此生無計學文簫。

星辰昨夜已前塵欲向修羅問夙因浪說蘭香嫁張碩不知仙子憶劉晨望來殘月如初月坐對新人念故人日把沈檀熏小像可能紙上降眞眞

玉香亭感舊 有序

明明如月灼灼其華蕙質自芳蘭儀比潔倩蹇脩以結言玉田早種盼杜蘭之下降香簡會貽當江郎采薪之年有吳姝寫韻之意而況木公金母許揖拜於瑤房橘弟槐兄慣追陪於繡闥斯時也瓊筵卜晝綠醑浮春童子何知伊人宛在吐屬則風姨善謔徘徊而月姊無猜香霧一

身撲枝頭之小蝶紅潮雙頰窺鏡裏之修蛾固宜花號合歡禽稱共命何意碧城風烈黑水波寒珠逐星沈璧隨月墮三生夢斷塵凝玳瑁之牀兩小神交墨碎鴛鴦之譜嗟乎霜春玉杵難醫倩女之魂水漲銀河忽湧離人之淚紅桐骨立雌鳳聲酸碧荇絲牽縱魚夢澀情苗頓折歡緒空尋積金如山詎留年之可買抽刀斷水笑綺業之難消聊集古詞藉攄今抱

清平樂　集句

帶愁歸去史達祖　春在無人處周晉　小立東風誰共語劉仙倫

舊事不堪重舉馮去非　枉教鶯訴春情楊子咸　迢遥似隔
層城尹鶚　一箇飄零身世陸游　如何作得雙成魚元機

浪淘沙　集句

花發去年叢杜甫　春色融融馮延巳　惺忪語笑隔簾櫳張明炎
月滿庭花似繡杜安世　人在其中周密　心事寄題紅陳允平
一笑難逢晏幾道　落花流水忽西東柳永　把酒留春春不住
尙希尹　懊恨東風余桂英

如夢令　集句

暮雨乍收殘暑李甲　惟有垂楊自舞葉夢得　獨立俯閒階韓偓
吹落一池風絮晁冲之　無緒無緒美奴　月到舊時明處周紫芝

清平樂　集句

夢寬無據歐陽脩空記來時路周紫芝化作驚鴻留不住呂渭老寂寞朝朝暮暮毛滂愁心欲訴垂楊周容縷縷都是愁腸李萊老好箇瘦人天氣趙汝茪爲他花月淒涼趙汝迕

燈龕伴佛

下第不歸僧居
臥病彌勒同龕詩
禪共證 南山

下第遣懷　張維屏

似水年華棄擲輕無多心血澹時名且憑藥餌扶身健敢把文章與命爭閱世欲藏元豹影思家怕聽子規聲愁來何地舒懷抱但覓車塵少處行

安心兩字卽神方莫把他鄉比故鄉戀岫雲容多黯澹送春天氣易悲涼草根得雨終能綠花片隨波尚有香忽覺迴腸如轉轂客來都說辦歸裝

僧廬獨坐偶成

軟紅堆裏自關門聽慣車聲了不喧冷眼看他塵世事佛如微笑我忘言

燕臺花

寓感也文章如花隨人所好也

燕臺花花滿枝枝枝香豔自矜惜葉葉碧雲相護持辛苦花農意無已種花盼到花如綺擘出天孫機畔霞洗來玉女盆中水窈窕仙姝萼綠華曉妝纖手試盤鴉珠簾十二當風捲侍女傳來百種花穠華易得春人羡魏紫姚黄目先眩對影眞宜鏡裏看回眸恰向燈前見廿四番風幾樣吹傾城情性少人知青棠最喜能蠲忿紅藥生憎號可離蘭閨別有人如玉花態癡肥總嫌俗一琖寒泉薦水仙綽約凌波看不足更有嬌娃不解愁深

紅澹白一齊收無端忽惹風姨怒亂擲繁英打栗畱飄茵墮溷知無限萬點隨波春不管浪說花原絕代姿得知花入何人眼尋袖天寒思不禁東皇雨露本無心但教駐景畱香國莫問移根傍上林

燕臺月

懷歸也旅人思鄉見月愈甚也

燕臺月幾圓缺金鏡圓時玉兔肥冰輪缺處銀蟾没蟾魄還從海上生桂花風裏步瑤京星連河漢光疑濕地近蓬壺影倍淸棲烏不定疎林白卷盡羅雲展空碧一片同懸望月心九衢不少思鄉客客子思鄉夜漸長暗

聞梧葉墮銀牀誰家砧杵淒如許何處笙歌樂未央手
抱絲桐意難寫博山香爐蘭釭灺秋氣纔生蟋蟀堂霜
痕欲上鴛鴦瓦舊夢尋思廿載前針樓乞巧夜開筵花
香玉白人三五水遠山長路八千羇緒閒愁了無著漫
向纖阿怨離索若使清輝夜夜圓素娥何用偷靈藥北
斗闌干紫闕前南枝悵望白雲邊聊同衛女思歸引不
是何郎明月篇

三度鍾乾

海濱小臣瞻
天仰
聖三度趨
朝詩以誌慶
張維屏謹識

嘉慶丁丑大挑一等四月初七日

勤政殿引

見蒙

恩以知縣用恭紀

閶闔雲開紫蓋邊青袍新惹

御鑪煙名經尙待參千佛野服先敎謁

九天吏乏長才辭墨綬士存眞面守書田小臣兩世同

司鐸願誦菁莪棫樸篇家嚴挑二等選敎諭維屏擬具呈吏部請就敎職

道光壬午會試中式覆試一等

殿試二甲

朝考入選四月初四日

乾清宮引

見蒙

恩以知縣即用恭紀

彤墀翹首日華明親見

丹毫點姓名信是

朝廷崇學術要將民社畀書生材如散櫟官原冷已選教諭

天許栽花政自清何敢鳴琴慕循吏但敎買犢勸耕氓

庚寅入都六月初十日

勤政殿引

見蒙

恩以府同知分發試用恭紀

曙色開金闕祥光傍玉清班聯森有序（是日引見分五班）冠珮

肅無聲　丹陛瞻

天近紅雲捧

日明閒曹何以報惟解頌

昇平

五番瑣窗

爲國求賢

文場戰方酣手不
持寸鐵門外蟻巡巢
門內蠶食葉

南山

壬午湖北鄉闈分校二首　張維屏

堂開衡鑒倚丹岑（衡鑒堂後卽鳳皇山）隔一重門似海深十九年前辛苦味二千篇內琢磨心（每房頭場卷七百爲文二千篇有奇）獻來玉美初離璞揀去沙繁怕掩金爲有孤寒翹首待夜分把卷重沈吟

高秋涼送桂花風楚寶荊材在眼中月鏡光分簾內外星槎使合浙西東（典試聞公紹典人趙公湖州人）點頭命要朱衣造燒尾文誰彩筆工慙愧塵勞親案牘賞音敢謂識焦桐（榜首出余房）

乙酉楚闈分校中秋日呈許滇生王霞九兩主考

鎖院嚴扃靜不譁十房㳂列似蜂衙冰心敢忘三條燭
霧眼重披五色花自有葩經供組織題邇之事父三要句文多用詩經
從荆璞辨瑜瑕八千矮屋同看月今夕何人不憶家
楚材翹秀蔚成林得失由來問寸心天上星辰談舊雨話京華舊事
江邊桃李盼新陰簪纓夢澹思鱸膾余方引疾求退文
字緣深感爨琴己卯會試薦卷出霞九先生房報道風高移玉節滇生宮允奉命視學黔中漢南樽酒約題襟

九月廿一日新孝廉招陪許滇生王霞九兩主考

公讌藹園即席成詠二首錄一

霄鏡懸卿月仙槎聚使星雲連江渚白山接漢陽青燕

喜浮三雅鴻文本六經楚材勤采采蘭芷接芳馨（前科榜首）

（黄經塾今科榜首萬時喆皆出余房）

壬辰江西鄉闈分校二首

楚材兩度助搜尋（壬午乙酉楚闈分校）文字緣新章水深五色丹黄迷老眼廿年辛苦憶初心匣中看劍知難掩波裏求珠恐易沈坐到宵分猶把卷小窗燈火古槐陰

八千餘卷手勤繙星使殫心報國恩圭璧自能彰異采梗楠猶慮鬱深根（近奉旨搜遺主考許玉叔侍御於未薦之卷皆過目）襄陽五字詩情遠（詩題江清月近人同人多擬作）香樹

雙桂韻事存（錢□□公手植雙桂文端號香樹）分校今年添掌故小臣稽首效颺言（屏撰鄉試錄後序）

甲午江西內簾收掌卽事有作

三場二萬五千卷（約舉大數）八九千人共此心望去朱藍紛異色聽來笙磬宛同音山多美玉看人獻海有遺珠累我尋（卷有遺失惟收掌官是問）監試開門須對坐不容高枕戀宵衾（內簾每開門監試官掌卷官必對坐自入闈至三場卷進畢方得安寢達旦）

乙未江西內監試中秋對月有作

四載中秋月三回試院看科名萬心熱風露一輪寒覓句宜煎茗思鄉正倚闌（兩兒鄉試）戰場吾慣歷壁上又來觀

壬辰科江西鄉試錄後序

道光壬辰江西鄉試臣張維屏由署袁州府同知

經撫臣周之琦調考派入內簾分校因正考官臣

羅家彥中途開缺副考官臣許球星馳抵境扃闈

嚴密晝夜甄校得士如額遴取首選之文恭呈

御覽臣球既颺言簡端臣維屏以同考官銜名居首謹

循例綴言簡末伏念臣粵東下士學識譾陋由道

光壬午科二甲進士蒙

恩以知縣即用籤掣湖北兩充鄉試同考官茲復遇江

右鄉闈敢不矢慎矢公勉襄

盛典竊惟科舉之設將以求人才而儲爲異日之用也
顧欲爲有用之才必先爲有本之學能爲有本之
學乃能爲有物之言故觀其人之文辭而其人之
底蘊可見也江右爲山川靈秀之區代生賢哲況
幸際
聖朝文教昌明涵濡沐浴我
皇上勤求治理廣育人材德進不廢言揚明體尤期達
用臣忝預分校之役兢兢本此意取房卷合三場
擇而薦之雖不敢遽定中選庶幾因言以知人他
日有爲有守秉善廉能無慙先資拜獻之言有當

脩辭立誠之旨此則微臣與多士所當交相策勵者爾

署袁州府同知候補府同知臣張維屏謹序

黄河晓渡

閒談　卷七　一

北平輔仁大學圖書館藏

其本自天其志歸
海我祖發源處
到上界

南山

黃河

張維屏

客來自燕將渡河未渡適覯河上翁翁言家住黃河側談河口與懸河同源高聞自星宿出氣盛欲與江潮通天使太行折而北龍門底柱當其衝有如銜勒控驕馬又若節制縻英雄大哉禹力疏作九稍殺厥勢分其鋒齊桓時已非故道八支亡失迷所從可知泥多易淤澱水流泥在河身崇賈讓賈魯策稱善今昔異勢難爲功河性慓急屢變易自古由北趨於東七百年來轉南徙黃淮濟運功何窮治河言殊孰可法河防一覽推潘公明潘季馴著河防一覽築隄束水使水合水合力猛將沙攻新沙

不停舊沙刷水得就下無橫渱我
朝靳輔屢奏績用陳潢潢字天一錢塘人言其聽聰籌河十疏
次第上大意亦惟濬是宗方今
聖皇御六合百神効職皆寅恭河流順軌河伯靖宵旰
尙復勞
宸衷水衡屢發不惜費隄防埽垻時鳩工安瀾奚用問
沈馬中澤不復嗟磬鴻浮槎上可達銀漢客倘有意追
前蹤客聞欲答翁別去河干滾滾塵隨風

赤壁夜遊

春塘

赤壁赤壁風清
月白我懷坡仙
人笑孟德　南山

赤壁　　張維屏

樵夫漁子識髯翁二賦流傳萬口中造物多情贈風月江山如夢憶英雄鶴飛欲掠秋濤白龍睡猶驚夜火紅故壘不勞分遠近昔人論赤壁有四處戰爭陳迹總沙蟲

赤壁篇有序

七月在黃梅與樸園太守有黃州拜坡公之約九月過黃州太守往監賑比太守歸雪堂而余已抵松滋嘉會未果不可無詩十二月十九日坡公生日因爲此篇奉寄

二十年來拜笠屐空向畫中尋赤壁豈知流落走風塵

今秋忽作臨皋客峯巒層疊送遙青樓閣參差倚空碧
地勝宜招翰墨緣堂高欲壓黿鼉宅今赤壁有二賦堂孤鶴南
飛夢巴醒大江東去今猶昔三分事業火雲紅二賦光
芒秋月白鐵板銅琶有妙詞風檣陣馬無陳迹逝者如
斯不可留惟有清吟意堪適黃州太守古性情百無嗜
好有詩癖行旌所至但飲水洗出新篇露肝膈黃梅事
過尚關心青李書來數相憶雪堂此日爇瓣香菜薦元
修酒斟蜜未妨白戰和尖义倘有紫袠邀短笛詩成直
上快哉亭一笑應呼張夢得張夢得宋時縣令卽建臨皋亭者

答張南山見寄雪堂歌　　寶坻李光庭樸園

人生嗜好難預期酒人喜得詩人詩南山詩名徧海內曲江克嗣非君誰仙才小試黃梅縣我到齊安同薄宦江湖漂泊話三生文字因緣詩一卷上游察吏重廉能未許歸縛雙行縢松巢遠跨橫江鶴君方調任松滋鱸膾空邀張季鷹一勺清泉與君別奔馳我負西園雪時余在廣濟辦賑與南山別於旅次賴有梅花作主人古歡時與坡仙結書來寄我雪堂歌快誦滿浮金叵羅江風山月長如此酒與詩情將若何

赤壁遇陳九香秀才見示近詩賦贈一律

張維屏

重來尋赤壁忽遇太邱生冰雪一枝筆江山千古情立身存傲骨傳世薄浮榮三楚風騷國前賢待繼聲

南山先生枉贈佳篇賦此奉酬二十四韻

羅田 陳瑞琳 九香

粵海珊瑚國荆山璞玉鄉一官欣至止十載願方償十年前聞先生名藝苑稱尊宿詞林合擅場鳬飛偏百里鶴載到三湘豪氣仍湖海掄材占鳳皇秋闈分校得元苦吟工學杜爲政復推張乃有梅川調依然瓠子防吏廉餐苦笋民愛話甘棠君前署黃梅有德政喜晤齊安郡容窺夫子牆縱談千古事共納一庭涼五字長城贈三更短燭光推敲知律細

獎飾覺情長自悔謀生拙徒嗟故業荒煙霞聊笑傲山水且徜徉聚散如風雨飄零各稻粱浮雲看富貴暇日引壺觴面目行吾素頭顱任彼蒼寸心知已感尺幅遠人將元白師長慶光黃愧季常有圖懸笠屐所樂共濠梁老輩錢惟演錢竹西司馬幽人楊世昌楊竹唐大令吹簫來赤壁檥櫂傍滄浪駐敢勞車馬窮能典鷫鸘何時親載酒傾耳聽松篁先生所居曰聽松廬

一剪梅　張維屏

秋夜偕客放舟赤壁飲酒既酣率填此調扣舷而歌之亦足樂也

依然赤壁在黃州。古有人遊。今有人遊。茫然萬頃放扁舟。人在中流。月在中流。　髯蘇二賦自千秋。佳境長留。佳話長留。何須簫管聽啁啾。詩可相酬。酒可相酬。

江漢炳靈

陳澧之印

陳蘭甫

江漢湯湯欲濟無梁

無梁兮不可渡宦海

茫茫兮將恐將懼　南山

黃鶴樓　　張維屏

仙人去後詞人去但見長江日夜流江上白雲應萬變樓前黃鶴自千秋滄桑易使乾坤老風月難消今古愁惟有多情是春草年年新綠滿芳洲

漢陽晚望

大別山前望斜陽萬瓦明西風吹漢水秋色滿江城鸚鵡才何益魚龍氣未平（時有水患）熒黎紛在眼不忍濯塵纓

秋夜登黃鶴樓

萬古碧天月三秋黃鶴樓仙人不可見江水自東流玉笛吹何處風帆去未休浮雲與孤客身世兩悠悠

腐儒

腐儒懷抱易悲酸纔說催科惻肺肝赤子最防痾癢隔蒼黎休作宰官看讀書讀律吾俱拙廉善廉能古已難漫挾陳編誦經濟寸心中夜祇求安

黄梅春感

去年此日過吳閶短簿祠邊共泛觴紅豆寄人千里遠黄梅畱我一春忙衝途迎送身如葉邑為入省通衢豪氣消磨鬢有霜却上孤亭懷俊逸俊逸亭相傳為鮑參軍故蹟草痕詩思滿斜陽

別黄梅

驚波駭浪怕回頭風定雲開入素秋作宦半年生白髮

看山一路到黃州關心雁戶憂難輯脫手驪珠愧未酬

紳士賦詩送行前月家書曾達否開緘恐累老親愁

梅川

聖恩新許調梅川似與梅花有夙緣前署黃梅今廣濟又名梅川敢

謂微勞在民事屏補長陽未到任以辦黃梅災賑大吏奏摺有盡心民事深愜輿情之語仰蒙

恩旨調補廣濟所欣眞樂是豐年弊難盡去求無愧身果能

勤或少愆宦海昔聞今始見開帆未易得回船黃梅適累未清

追逃 有序

重犯過境脫逃聞匿亂山中賊黨護之余帶兵

役夜行至蘄州獲之

追逃入深谷漏盡抵山家月黑樹疑鬼徑幽藤訝蛇飢寒輕性命變幻類蟲沙盜獲占无咎塵勞敢復嗟

別梅川

前年九月別梅邑去歲八月來梅川梅川梅邑未兩載且喜再結梅花緣今冬又別梅川去片帆先挂蘄陽樹宦蹟眞同水上萍游蹤合比風中絮秋風兩袖書一肩出門鼓樂聲喧闐出城一路羅杯筵提壺捧袂心懃拳紅綾數丈張車前濃墨大字如雕鐫使我對之生赧顏無澤及民德何有無功竊祿清難言送行者以紅綾大書德厚風清四字

我意不爭祖逖鞭亦不暇選劉寵錢一言願告諸父老勸士力學農耕田滄浪之水淸且漣滄浪之屋添數椽梅花多種滄浪邊擬於滄浪書院增建學舍添種梅花以去任不果我倘再結梅花緣對花把酒談豐年

縣令

縣令身何似臨淵更履冰敢言勞撫字自覺過哀矜火烈羣知畏霜威惡易懲心慈難用猛此任不能勝火烈民畏千古至言屏四任知縣惟老嫗告子忤逆笞子五百書吏私雕假印命取夾棍其餘研審命盜案皆令長跪不輕用刑然自覺心偏於慈不宜此職

今幸辭案牘復理篇章披覽舊詩率綴數語時道光

丙申仲秋之月自江右旋里珠海老漁自識

襄樊駐馬

蘭甫

陳澧之印

欲歸兮未能不為縣令兮且
為郡丞三縣代兮公事畢
棘人欒欒兮返鄉邑

維屏

宋玉墓　　張維屏

搖落清秋日蕭條楚水鄉風騷追屈子雲雨動襄王壞蘚埋荒塚穠花失古牆大招猶可續不必問高唐

登峴首望鹿門隆中諸山

碑失羊公在勳名自古今雲開峴山靜水落漢川深卓爾鹿門隱悠哉梁父吟昔賢俱不死何必淚沾襟

峴山碑

羊公身既逝觀碑淚爲傾杜公生立碑豫爲身後名峴山之碑在何許羊杜之名自千古後人紛紛爭立碑大書深刻多浮辭村童敲火牛礪角有碑無碑皆寂寞

隆中諸葛武侯祠

漢業偏安日英雄並起時南陽龍臥西蜀鼎誰支三顧旁求切千秋遇合期先幾圖割據數語決危疑魚水闢天運蠶叢闢地基雍容儒者象開濟帝之師管樂真無忝孫曹孰敢欺託孤肩鉅任籌筆運良規國步金刀促臣心水鏡知躬耕甘澹泊勝算出神奇江上風曾祭（祭風臺相傳武侯祭風處）軍前扇自麾匡居多抱膝盡瘁少舒眉慘淡星芒隕蒼涼石陣遺草廬留故址蘋薦肅荒祠彷彿吟梁甫徘徊讀古碑簡書畏猿鳥畫壁壯旌旗（祠壁繪三國故事）遠志雲霄羽高文訓誥辭淵源莘渭接韜略虎熊施

廟柏材原大樓桑影莫追近尋羊杜蹟宇宙共昭垂

孟亭

軒冕心早棄登臨吟自豪詩教太白愛人比右丞高故宅餘春草孤亭壓暮濤鹿門煙樹近孟浩然詩余亦乘舟歸鹿門吾欲訪蓬蒿

米元章故里

名與蘇黃匹船同書畫移千秋留故里一炬剩荒祠潔以高成癖顛非俗所知雨餘瞻峴首潑墨尚淋漓

襄陽隄

芳草碧萋萋遊人上大隄曉霞明峴皁春水暖檀溪形

自襄樊勝名誰羊杜齊歌樓今寂寞相傳明季此地歌樓酒肆十餘里休問古銅鞮

習池新柳

襄水一帆歸時歸自黃州攜壺訪習池新栽百株柳解作短長枝

畫襄陽春曉圖奉寄南山司馬并系以詩

吳縣　黃　均　穀原

朝來堤上踏晴沙樹裏遊人笑語譁一幅襄陽好圖畫周桑張柳蔣桃花芸皋太守樹桑南山司馬栽柳晴川大令種桃

棗花仙館夜話同芸皋太守香雪明經

張維屏

壄屋秋陰雨欲絲談深不問夜何其好名翻笑前賢癖偶及杜征南沈碑事嗜古眞憐我輩癡龍性漸馴書味厚雁程無定客帆移會難別易君須記珍重題襟挹袂時

同作　　富陽　周凱　芸皋

漢上相逢恨已遲鏡中鬚鬢各絲絲棗花一樹秋飛葉明月三人夜論詩天地吾廬欣有托江湖如夢繫相思仲宣平子皆工賦記取襄城剪燭時

同作　　仁和　王乃斌　香雪

雨熟林閒棗煙寒檻外蕉三更燒短燭千古惜良宵宦

味自清淡羈心長泬寥同聲問誰許過耳感風籥
忠孝抒眞性文章始不刋何須同面目祇要露心肝未
擲班超筆思彈貢禹冠縱言天下事今古海漫漫

楊誠村軍門過樊城手書大將行一篇見示並邀
同作　張維屏

大將天生萬人傑億兆安危在呼吸行師固要順天心
撥亂還須藉人力從來人力不可恃不貴兵多貴心一
大將三軍同一心如人指臂烏羽翼幄機金版皆僞書
魚麗蛇騰亦陳迹毋法用我我用法自古奇兵多不測
露布飛馳報捷音士卒歡呼動顏色此時大將轉愀然

猿鶴蟲沙動悽惻大樹無言意獨深雲臺不畫聲尤赫
克敵人方重將才不伐吾將觀將德

大將行

銅仁楊芳誠村

天道盈虧生是非善惡到頭積凶刼水旱疫癘天自了
惟有刀兵藉人力天若自了駭見聞因付大將操戈戟
大將定是有德者然後功成可期必功成又爲造物忌
自古名將多短折賊生有地滅有時蒼昊鑒觀常赫赫
殺人一命抵一命千萬生靈忍殘賊一將功成萬骨枯
奈何攘以爲己績赤松世外共遨遊大樹林中獨緘默
功成還天差自保清夜捫心敢矜伐作詩敬告虎貔臣

葢世英雄要韜戢

芸皋觀察見贈長篇賦此奉酬四首錄二

張維屏

政事與文學設科若分途循吏與文苑修史亦異書枝條雖有別本根初不殊靈臺列萬象燭以徑寸珠君昔居木天譽滿承明廬三絕畫書詩翰墨爲淸娛及乎一麾出善政次第敷惟能作循吏所以爲通儒

循聲出萬口治績聞

九重皇華拜

君恩白華慰臣衷太夫人迎養在署彖繡風肅肅萊衣日融融

西望懷武侯東去拜坡公扁舟指赤壁君由襄陽守擢漢黃道貞

石畱隆中摹武侯像刻石昔賢去已遠高名曜蒼穹勳業與文

章胥本孝與忠願君崇令德景仰追前蹤小之在詞翰

大之在事功作詩愧細響箏笛酬鐘鏞

松廬歌贈張南山大令　周凱

張子讀書南海隅白雲入牖松繞廬思尋孔顏所樂處

不肯揮麈談清虛偶然咳唾九天落世人拾之皆瓊琚

遂以詩名馳海內詞壇老宿交相譽我熟張子名曾覯

張子面黃霽青前輩邀京都二十四詩人集李公橋酒樓爲荷花賀生日始相識目爲詩人

耳相持博一戰筆開橫陣掃千軍攻亦偏師經百鍊那

知張子自有眞飄然一官來漢津（署襄樊同知）十年握手湖海別百篇示我琳瑯新少年好跨羅浮蝶遙靑三接西池賓中年好乘叱撥馬軟紅六踏東華塵維摩善病妙醫術欲以國手醫斯民宦遊楚北歷三劇宰官現出如來身荆黃所至蘇疾困循聲卓卓江之濱初莅黃梅值水厄長隄一線危咫尺十萬生靈呼吸間三更風雨千夫役曾聞驅鱷有奇文亦欲投詩訴河伯握管親摹鄭俠圖馳書早定梁高策出險不死蓋有神（君勘災舟被急湍所破抱枯木得免）天要斯人作舟楫暹羅使者馳傳來頓改山程爲水驛宰能濟民民有知爭挽輕舠供利涉（時暹羅貢使過境黃梅向

爲陸道倉卒不得舟鄉民爭挽舟助濟使者殷懃問長官遂令聲名達海舶貢使問君姓名歸將傳述之達海舶非詩名乃此一片愛民之眞情苟非己飢己溺在懷抱胡然倉猝能與馮夷爭我讀張子詩掩卷心傍徨人生七尺軀昂藏讀書半世問何用將惠蒼赤扶元黃許身稷契原非狂壽世豈獨關文章君不見峴山之西萬山北諸葛草廬風瑟瑟松下有人曾抱膝

晉太傅鉅平成侯羊公廟碑

張維屏

襄陽當南北之衝爲中原門戶自古官斯土者多賢俊而晉太傅羊公之遺愛獨千餘年弗衰世之論公者曰出鎮南夏墾田設庠以養以教懷允不忘是公之仁表辭台司以榮爲憂不居人右其心休休是公之讓侍衛不多戍邏半減輕裘緩帶御衆以簡是公之寬敵國通使無虞無詐豈有叔子而酖人者是公之誠謂衍敗俗謂濬能軍舉杜自代無忝知人是公之明歷職二朝任典樞要嘉謀讜議皆焚其草是公之慎駕言出遊山巔水涯角巾思歸疏廣吾師是公之達至於勤脩戎備夙

定籌畫後二載而吳平一如公之所策蓋公之功以平吳爲大也然吾謂公之不可及者不僅在是且夫勳名者人情所必爭也矜伐者人心所難克也盛滿者明哲所隱憂也付託者老成所致愼也晉武使公臥護諸將公言取吳不必臣自行但旣平之後當勞聖慮耳又言事了當有所付授願審擇其人於戲公知吳必平不欲居成功而吳平之後賈后專政八王搆兵公若逆覩於未事之先者蓋愛君之念憂國之忱料事之明求賢之切皆於數言見之論者徒知撫綏坐鎭吏愛民懷以是爲公之賢尚未足與觀公之深也公舊有祠在峴山都

人士謀新之請爲文將刊諸石余故先詳公之勳猷而歸本於忠愛無已之意且作爲詩歌俾春秋享祀歌以侑公其詞曰

公昔游兮峴之邱挈賓從兮羅觥籌忽慨歎兮念前脩羌淹沒兮誰爲求公之澤兮普以周民慕思兮春復秋奠椒漿兮獻庶羞公之靈兮來夷猶驂青螭兮駕赤虯峴山蒼蒼兮漢水悠悠公之大名兮與山水而長畱

黄梅集雁

江漲水急隄潰江入十萬哀鴻嗸嗸待集

南山

江漲防險卽事有述四首　張維屏

三面環江水江高逼岸低千人培尺土萬戸仗孤堤伐木新樁急鳴鉦衆力齊心勞身轉健中夜立塗泥

江勢已吞洲波衝地欲浮勞生同斷梗泛宅借扁舟覓壘人如燕連堤土是牛（多備土牛禦水）無煩問供給果腹我何求（堤長供應槪弗受）

開眉見斜日轉瞬雨兼風雞犬濤聲裏田廬水氣中亟須勤畚築且莫泣途窮天若憐蒼赤江流急向東

黑雲垂野暗忽露一星奇似月光非小如燈燄欲移天官書未考水患兆難窺永夕愁懷結霜痕入鬢絲（由楊家口

乘小舟至潘興口　見西北一星甚大

自上而下越三日堤潰田廬皆成巨浸

題南山大令黃梅拯溺圖卽次其江漲防險原韻

四首　　仁和許乃濟青士

巨浸從天瀉山城勢轉低驟驚翻雪浪何處覓金隄千

里混茫接萬人邪許齊簷前悲語燕可賸舊巢泥

江漢下黃州乾坤日夜浮欹斜餘斷岸生死託孤舟村

不聞雞犬槎難認斗牛嗸鴻徧中澤辛苦稻粱求

幸恃宰官好同披君子風重歸衽席上無復亂流中

帝澤周荒遠

天心憫困窮陽侯今斂怒長導百川東

堯湯曾水旱蓄眚亦何奇運數憑愆伏人功妙轉移隄
防宜早計造化孰先窺寄語臨民者無爲重繭絲

黃梅大水行　　張維屏

東去連鄱湖西來通蜀江邑當吳楚交其南即潯陽由
春以及夏恒雨無時暘始慮損禾稼未料傷隄防何期
雨不止江漲非尋常衝泥急奔赴寢食不暇遑捐貲集
畚築那復愁空囊千夫共邪許衆力相扶匡豈知盡人
力未克回天殃一決數千尺頃刻成汪洋富人豫綢繆
舉室遷高岡窮民無所之結茅傍菰蔣賤子忝邑宰憂
勞職所當小舟犯駭浪沿堤散乾糧飛書報大吏章奏

陳

天閽

皇心廑赤子

恩膏逮窮氓發帑拯彫瘵蠲賦蘇痍瘡大小四十員治

事誠周詳（至榛邑辦災自方伯以下凡四十員）青蚨按戶口白粲盈筥筐

災黎十數萬庶幾免流亡賤子筋力盡微命仰昊蒼自

夏以迄秋艱苦躬備嘗轉憶始涉險堤潰水若狂是時

夜將半月黑星無光急流衝一葉得樹危而康舟幸不

破碎死生判毫芒（余出撫䘏舟爲急水衝去力抱大樹乃免於溺）一身詎足惜

萬戶良可傷比聞川漲盛汎濫及湖湘又聞吳越閒淫

潦淹村莊天公憫黎庶蛟鼉斂跡張所望千里流早注
百谷王磬鳴雁澤聚修築鳩工艮會看鼛鼓集復見虹
堤長董事有能者余方束輕裝（賓松溪來董修堤余奉檄攝篆松滋）梅民
苦念我相送立周行我雖出坎險臨行轉徊徨中年歷
憂患境過安敢忘緬懷飢溺意惻愴留篇章

黃梅勘災贈張南山大令　　賓玨　李光庭　樸園

不信風塵皆俗吏得同憂患亦前因迴思北地多朋舊
重累南山作主人待哺君推爲衆母焚香我欲告明神
救荒守令無長策本色書生有性眞

題南山黃梅拯溺圖

蕭山 湯金釗 敦甫

我讀黃梅大水行情辭悽惻爲呑聲我聞黃梅拯溺圖心目驚慘長嗟吁霪雨四月勢不止狂漲三丈陡然起上江下湖合併來決隄排屋須臾耳縱有千夫畚鍤功孰禦萬頃波濤衝千村萬落成巨浸巢山棲木嗸哀鴻偉哉張使君應變有膽識一舟旦暮巡萬姓餱糧給慮事精且詳赴機敏以力瘏瘁籌其安身命不遑惜大吏得報查災來隨員委員兼輿臺庖丁奏刀因窾卻賑得實濟民忘災使君一詩人經濟優如此乃知誠求心可以保赤子量移廣濟辦漕務使君逡巡辭以固不願集

此詩共二首，光緒年間林氏後人刻出「雲左山房詩鈔」，只收後一首，則此第一首為林集外遺詩。振，誤，據「雲左山房詩鈔」，當作棖。

菀甘投閒世人那得知其故讀書自昔懷孤忠作吏於今得展布濟世豈辭艱大投立志敢緣溫飽誤已飢已溺憂民心時暘時雨祈天恍如傷在抱何日釋圖陳座右當官箴

奉題南山同年黃梅拯溺圖卽送之官武林

侯官 林則徐少穆

漢南江介舊飛鳧萬戶流離隻手扶自信催科輸撫字儘教舞隊換來蘇孤舟野水詩成讖元洒甘瓠頌豈諛聞道楚民方望歲使君何事愛西湖君新授浙中郡丞

披圖振觸大江東昔歲陽侯虐正同癸未江南大水與此同時僕適承乏

其地別幟漫傳稱佛子成橋何術渡朱蒙魚頭夢醒驚蚯蚓蟻穴防疏負雁鴻君過河淮憑問訊元圭曾否告成功

道光戊子仲冬將發羊城南山年丈出黃梅拯溺圖屬題時治裝匆促無暇握管歸舟無事乃續成之

常熟翁心存遂盦

嗸嗸澤中雁啞啞城上烏開緘鐙談碧一幅流民圖江流莽無際雉堞周遭孤銀濤卷島嶼雪浪浮村墟居民蟻緣蛭或負擔或趨田園已蕩盡母子猶相扶至今側耳聽髣髴聞嗟吁誰爲還定之張侯起番禺惟侯蒞黃

梅攝篆初治邑吏民識王尊童子迎郭伋太歲在昭陽
淫雨過百日江漢從西來怒遏水倒立其南滙彭蠡九
派呀嘘吸長隄紆一綫計里逾九十庳薄形已危衝齧
勢尤急侯也籌之殷捐金亟補葺下楗千鎚喧舉鍤萬
指集捎循忘寢興踸踔冒炎溼數定功難施力窮坊竟
蟄白日黿鼉驕黃昏神鬼入下弦月正晦野黑陰濛濛
墳原變巨浸閭井成深淵黔黎十萬命險欲塡龍宮指
揮豫遷避實賴侯之功幸猶存骨肉遑敢悲孤窮侯乘
一葉舟誓與百姓同振饑備饘餌禦溼儲鞠藭中流觸
亂石引船遇回風斗落箭離筈眩轉雲飛蓬失手那可

捄性命洪流中官濤蛟龍伏天遠精誠通入險復出險登岸心忡忡歸來操簡牘臚實陳大府大府動咨嗟飛章奏

當宁上官絡繹來騶從逮牧圉侯曰毋擾民於我乎授糈維時方炎歊紀序逢夏五山城如斗大入保數千戶瘡痍已蒿月瘴癘矧露處不有蔭暍恩那免揭竿聚侯曰毋苦民便宜發倉廩貸粟戶一鍾計食人三斛時時佐肉欒稍稍雜糙粄咄嗟指顧間百事無不舉是歲江流漲汎濫偏吳楚葺城探赤丸制梃驅碩鼠柴桑咫尺地紞如打五鼓茲邑風何淳竟忘流離苦村農告其兒

老嫗顧謂女汝勿愁飢寒張侯能活汝左餐而右粥庶幾莫余侮首尾百日間帖然獨安堵展圖意惻怛攬筆重徘徊念我先君子秉鐸東海陬丙寅夏五月夜半河隄開建瓴東北注河水天上來六塘失故瀆萬井沈寒灰伊廬沒山腹湍激聲如雷先人雖間曹捧檄亦振災輕舠穿樹杪檣櫓俱爲摧力微多掣肘紆鬱邱山積至今秦東門尸祝薦醁醅古人重荒政治理經權賅行藏固有命德業貴自恢君今彈祥琴切切有餘哀行展富相策廊廟方需才

庚寅春仲南山先生將入都已束裝矣以黃梅拯

溺圖見示余益佩其爲人不獨治績之卓著也奉

題五十韻即以誌別　　　桂林 陳繼昌 蓮史

昔年耳君名譚笑擅六義今年來羊城嘖嘖稱廉吏鹿莘制府極道先生之廉君方鄉井居我亦萍跡寄數月始覿面患難共嗟慰余奉諱南歸君亦甫届服闋晏嬰六尺短蘇季一裘敝書癖忘晨餐酒酣對客睡重門終日開褦襶所弗避五官可竝用不使氣矜肆顧盼到寒素殷然有餘意在官者言官否則愼淸議宦轍所身歷口不道隻字去年自壽詩稍及黃梅事促郄進叩之吶吶語弗備驟雨春生寒朔風夜捲地挑鐙展新圖新圖展未旣到眼馳心神掩卷

空涕泗洵洵陽侯波歷歷海寧記海寧俞君爲記大水事特詳繄誰
牧民者君實處其際防水水驟來築隄隄竟潰巨浸數
百里災黎十萬計骨肉悲黿鼉昏晝走魑魅君曰民何
辜當以一死誓誓死將何爲民命於我繫翻然籌糗糧
達旦不得憩請糴蘇瘡痍多方弭濕癘精誠天所鑒窮
迫心轉細貸粟別戶口剔蠹策勞勩指麾宜
皇仁不遺一老稺是時大小吏冠蓋踵相繼餐授困欲
虛暑酷人益頓萬緣苦蝟集百身不足蔽當其縱一葦
陟險夜昏晦陡落如箭急一觸即粉碎鬼神雖呵護生
死蚤恝置徒令傳說者咋舌心屢悸嗟彼佔畢儒選愞

罔攸濟廉吏但潔身勢亟恐顛躋先生一詩人鉛刀手
初試有守復有爲仁矣勇亦最遂遏老蛟舞息此哀鴻
淚胡爲濟川功翻似食蘆諱誰補循吏傳不失儒者氣
曲江已千載宗風幸未墜行行拜
闕廷忠孝本家世恢宏著作才醞釀廊廟志富貴草頭
露勛業箭鏃礪望君如高山應不讓塵壒臨岐陳一言
所言請弗棄履安如蹈危思艱可圖易勿忘黃梅圖永
保青雲器

嘉慶戊辰與南山同年先後出都今年復見於京
師別已二十二年矣南山出黄梅拯溺圖索題成
五言四首錄三首　　海昌　查揆梅史
昔別宣武門折柳長安道柳枝栽如人今來大已抱相
逢不相識強顏話潦倒君亦涵手板牛驥辱同皂幸此
蹇蹇懷昂首白日杲當時酒人狂今日循吏老如聞宰
相言用之惜不早
道光三年春湖湘民如傷内帑發萬億德意弭災祥君
時權黄梅百里瀕江鄉滔滔江漢流茭楗先修防豈謂
一官小天怒或可禳頭何戢戢欲與魚龍翔民悲胥

吏喜歲苦胥吏穰奈何民父母此輩相扶將子然盪輕
舟波浪為康莊蛟鼉如可餌我肉甘且香洪流如可塞
我骨堅且強
蟣蝨皆佛子況天生蒸民忽於流離際殘子生陽春婦
孺幾千口就食塡城闉里墟更無算入鬼不可分使者
雖踵至未敢勞其賓非有千手眼萬戶併一身吁嗟鄭
俠圖豈專在古人中具讀書力匪獨矢勞勤作詩質吾
友所恐聞者瞋

建昌捕蝗

我權五馬蝗蝻害
稼豈敢憚勞奔走
四野 南山

捕蝗　　張維屏

捕蝗捕蝗，于野之東。田祖有神，請以火攻。一章

捕蝗于南，收之有法。其法維何，以蛙以鴨。二章蛙鴨皆能食蝗

捕蝗捕蝗，于野之西。崇朝其雨，化蝗爲泥。三章蝗性畏雨

捕蝗于北，滅此朝食。及早撲之，毋使生翼。四章

捕蝗捕蝗，購蝗以錢。窮民趨利，走捕爭先。老者一筐，幼者一肩。沽之沽之，價十百千。但願無食民之苗，無害民之田。吁嗟乎，官敢惜錢。五章

治蝗述略

蝗之爲害甚鉅昔人謂其行則蔽地飛則蔽天禾稼草木赤地無遺治之當及其翅未長成速撲滅之余建昌捕蝗事畢返章門就所見之書撮其要爲治蝗述略

蝗螽也 說文 食苗心螟食葉蟘食節賊食根蟊 爾雅 螽始生爲蝝 春秋傳 介蟲有甲能飛於春秋爲螽今謂之蝗 洪範五行傳 蝗翼未成跳躍而行其名蝻 玉堂閒話 蝗腹有梵字首有王字 酉陽雜俎 蝗字从皇其首腹背皆有王字 埤雅 陽氣所生 洪範五行傳 政貪所致 左傳疏 魚卵所化 埤雅 蝗有灰黄二色纔飛卽交數日產子

其子入地來年禾秀時乃出一縣之地或食或不食若有神役也七修類稾　神非外來之神卽本處山川城隍里社之神也神不能自爲祛除必假手於人故古之捕蝗有呼譟鳴金鼓揭竿爲旗以驅逐之者有設坑焚火捲掃瘞埋以殄除之者陸道威除蝗記　姚崇捕蝗火邊掘坑且焚且瘞格致鏡原　令老壯婦孺操響器揚旗旛譟呼驅撲捲掃而瘞埋之處處如此亦可漸滅除蝗記　蝗未解飛鴨能食之鴨羣數百入稻畦中蝝頃刻盡除蝗記　建昌濱湖之區蝗蝻萌動正在撲捕忽有黑翼白腹之鳥數百飛來啄食蝗蝻頃刻殆盡鄉民呼曰神鳥松軒隨筆　蝗

性畏雨畏雪畏寒畏鑼聲畏五色旗幟畏黑翼白腹之鳥治之之法以火焚之使鴨與蛙食之縛藤帚竹帚柳條帚撲打之捲掃之 松心日錄 東莊人立東邊西莊人立西邊各聽鑼一聲徐行捕撲不可踹壞禾苗東邊人捕至西盡處轉而東西邊人捕至東盡處轉而西如此迴轉可撲滅無餘 李鍾份捕蝗記 早晨蝗沾露不飛日午蝗交不飛日暮蝗聚不飛一日有此三時可捕飛蝗 捕蝗記

捕蝗宜設局收買窮民得蝗可賣錢自必踴躍從事惟價宜由少漸增既增之後不可驟減 松心日錄 陳芳生捕蝗記最爲詳備今所錄有其書所未及者故述之

建昌捕蝗記

張維屏

余既卸南康府事擬探匡廬未遊之勝而大府檄往建昌捕蝗余以事關民瘼不敢少緩馳至建邑會同文司馬及縣令丞尉營汎員弁等分鄉撲捕縣令鈕君不辭勞瘁先於縣城設局收買蝗蝻惟性儉嗇省城委員至凡飲食餽贈皆不如意委員怒則於所捕蝗中選至巨者上省呈於大府且言鈕令惜費故所購不多再遲則蝗翅長成恐害及他邑大府聞之怒嚴行申飭鈕君於是加價購蝗初購每兩給錢十數文至是加至二十四文於是鄉民爭往撲捕一日收至數千斤肩挑背負環

集於門局中司事者慮費多難繼減價與之衆譁然欲毆之時縣官在鄉文司馬已公旋余出語衆曰爾等為圖利而來若鬧事是犯法也今照價給爾三日外候縣官再定價有滋事者照匪徒聚衆例置之法又語司事者曰爾等不可失信仍照價與之於是喧噪乃定衆以蝗付局局稱蝗發錢人以次散去已四鼓矣道光丙申四月廿九日記於建昌行館

天津望海

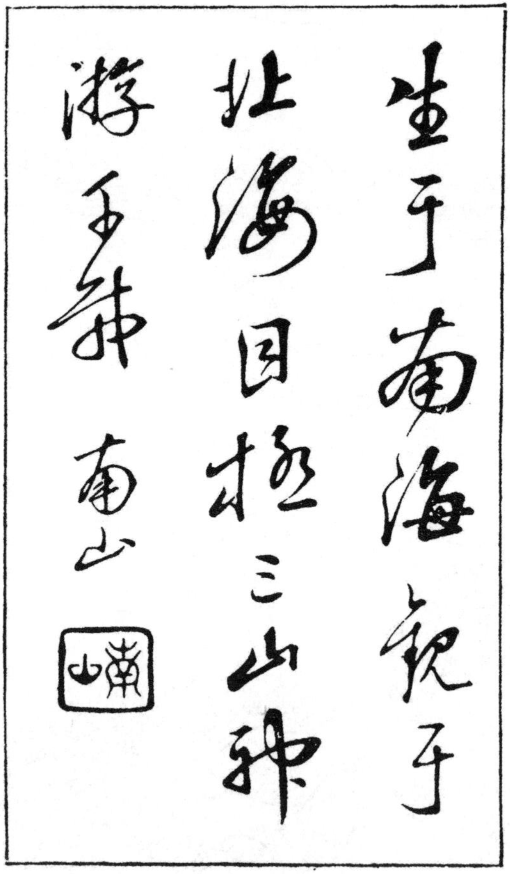
生于南海观于
北海因极三山神
游于神
南山
南山

天津望海歌

張維屏

灝溔乎大哉瀴溟萬萬不知所紀極波濤盡處定有方壺員嶠兼蓬萊乾端坤倪直通一氣混沌竅日沐月浴幻出百寶金銀臺齊侯觀之不欲回秦皇望之不敢渡吾曹異想天爲開無底之淵忽有路將使安期導我行章亥偕我步約盧敖以同遊訪徐福之舊寓溯析朮之高津覘扶桑之大樹龍藏不暇顧海市無足觀身是博望之聞孫欲泛靈槎犯天門不覓支機石亦不尋河源要淩九霄覽八極坐看大瀛海水涬溟濛滉周無垠四海之外復有海罕漫何從眞宰道逢麻姑一問之滄

海桑田幾更改倦遊兮歸來三山兮徘徊珊瑚波紅蜃脂綠青銅萬里無氛埃巨鼇贔屓挺霜骨陰火陽冰互開闔吐珠之蚌吞舟魚俯視何曾見纖物元虛一賦安能窮放歌且勿驚鴻濛欲從東海歸南海請息南風轉北風

天池看雲

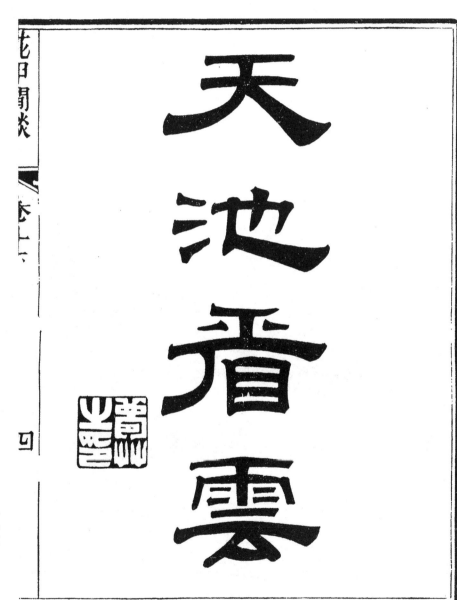

匡廬此北天池最
高俯視白雲萬頃
銀濤
南山

香爐峯

昔聞香爐名今見香爐面白雲如香煙吹上玉皇殿

天池山

穿雲九十盤見雲不見山夙聞天池寺高入雲中閒紆迴躋其巔豁若超人寰羅列九奇峯簇簇蓮萼攢吳楚青濛濛塵海生浮瀾大江似縞帶壘點知江船峯西漏斜照金碧鋪林巒矯首呼四仙遨遊何時還髣髴聞笙簫縹緲飛雲端世慮到此盡雲嶄如可攀

天池觀雲

匡廬控江湖山川氣摩盪[illegible]、雲如大裹匝地百千丈蓬

蓬蒸釜甑纏縷疊繒纊憑高俯下方一白失萬象迴飈
忽吹動銀海湧微浪少焉雲漸開刻露出異狀田疇畫
棋枰草樹列錦障峯巒生足底獨客神忽旺臨風發浩
歌松巔答樵唱

天池寺夜坐

我閒看雲忙去作萬家雨禪堂鐘鼓罷坐聽老僧語茲
寺昔宏麗殿宇付一炬周顛事渺茫靈蹟今莫覩氣數
有興廢仙佛難自主勞勞笑世人逐逐何太苦龕燈閃
微明爐煙裊香縷此時誰打門風過嘯飢虎

天池看雲記

天池爲廬山之北最高處自卯至申始躋其巔入寺小憇寺僧報雲起急出山門坐崖石上瞬息之間瀰漫四合其白如雪其軟如綿其光如銀其闊如海溥或如絮厚或如氈動或如煙靜或如練返照倒映倏而紫翠倏而青紅滔滔滚滚蓊蓊蓬蓬忽有物焉若隱若現知爲拔地之高峯忽有迹焉若疎若密知爲參天之喬松靉靅霅煜參譚豐融如五采之錯綜如五金之銷鎔紛難擬其名狀羌無得而形容俄焉飄飄隨風莫知西東變滅如虹莫知始終於戲雲其猶龍道光十四年五月初

四日南山道人記於天池精舍

由天池至黃龍途中書所見

夜坐天池仰天象不知身在層霄上曉躡黃龍尺五天（石壁刻尺五天三大字明人王士昌書）下覩白雲如白浪曈曨日麗朝霞開空中照見金銀臺此間有路通五嶽雲車風御時往來

黃龍寺　　靖安　舒夢蘭　白香

棲賢臥旬日遂作黃龍遊絕壁五千丈登之如小樓人間方六月天上已三秋莫詠香山老長披白布裘

青原訪院

魯公曾遊兩字
千秋文山之琴
餘韻猶留

維屏

青原山 山有顏魯公書䄍關二字字大三尺許 張維屏

䄍關不知門泉響先到耳清涼洗塵心一靜生妙理過橋始見寺寺在山翠裏煌煌魯公書兩字光欲起載誦涪翁詩五言澹彌旨茲山唐以前未甚挂人齒高賢翰墨留大德忠節偉遂令青原名幾與匡山峙我來景前徽敢謂繼芳軌魯公爲吉州別駕余適權吉安通判山谷以泰和令來遊余曾攝泰和篆更思文山琴三歎意無已寺有文信國琴詩拓本

䄍關二字顏魯公八分書魯公八分惟見東方贊題額未有如此之大者誠至寶也祖字作䄍漢宗俱孔謙曹娥諸碑皆如此右節錄翁覃谿先生跋見王述菴金石萃編

青原山中觀文丞相琴詩拓本敬次原韻

山深雨晦更風瀟，一片孤忠寄泬寥。七百年來留正氣，古琴遺響未曾消。

松風一榻雨瀟瀟，萬里封疆不寂寥。獨撫瑤琴遺世慮，君恩猶恐壯懷消。此文信國原詩也，刻于琴上。詩後題云：時景炎元年蒙恩遣問，召入夜宿清原寺，感懷之作，譜于琴中識之。案：清原今山志作青原；詩不字疑是夜字，俟再考。

匡廬觀瀑

匡廬瀑布古稱
開先謫仙有言
銀河落天

南山

南山

舟中望廬山作歌　張維屏

我從廬山來衣裳尚有廬山之雲煙潯陽郭外波連天挂席却登江上船江上船開乍迴首廬阜崢嶸出南斗九派茫茫不可迴五老雲中似招手何時天河水飛下廬山頭白虹倒挂三百丈跳珠濺玉千載無時休紫霄峯上科斗字云是夏禹治水泊船之所留我思匡君兄第七人結廬日據此山勝其樂眞足輕王侯秦王漢武求仙不到此却從何處尋丹邱陶公苦乏濟勝具太白丹崖翠壑夙願終難酬香山草堂雖云樂青衫忽爲琵琶愁古人如水流青山[illegible]峯立層嵐吹盡江天高捧出

芙蓉千朶溼我行廬山陰遠望廬山陽香爐雙劍遮隱
現金樓銀闕排空蒼或爲仙人或鬼物或爲獅象蹲伏
又或騫起同鸞皇最高之峯有如老人中立色不動兒
孫羅列拱揖奔走於其旁我從廬山來又別廬山去昨
夢山靈邀我乘鐵船導我飲甘露笑我乃似彭蠡湖邊
之飛雁大風起兮不能住三石梁九屏風列眞苑囿安
能窮亘數百里青濛濛他時興發遠相訪定踏赤鯶騎
白龍雲中寄語五老峯爲我先鐫長句丹崖東

龍潭觀瀑

天上白龍厭抑束奔下人間作飛瀑天潢屈注送龍來風卷鱗而散珠玉我從雨後行穿雲咫尺人語皆無聞轟崖震谷勢何似項羽大破章邯軍嚴冬閉蟄驚雷電長夏炎蒸飄雪霰何物巨靈逞奇變帝命山靈鑄雙劍瀑頂有雙劍峯欲截飛流截不斷萬古天紳垂碧漢

青玉峽瀑布歌

禹權不到層崖巔匡廬尚有洪荒泉廬山舊志紫霄峯石室禹刻蝌蚪字可辨者洪荒漾予乃權六字此泉終古瀉不盡穿巖注壑爲深淵匡君兄弟厭喧聒神鞭鞭石當空壓此石媧皇鍊未成漏

出飛流鬭雙峽洞庭龍女張機絲鮫綃就人不知要學麻姑弄狡獪擲下千丈明琉璃一客高談一客喜喜向此間悟微理蠡湖水氣蒸作雲雲上匡山復爲水水雲旋轉相終始山澤氣通古如此

漱玉亭

巖含渟泉潭壁落擊石瀑仙去人未來一亭漱寒玉

棲賢三峽橋

峯迴磴折交盤紆衆泉石罅來徐徐山根漸下泉漸合初似百斛傾明珠從來矜高必易跌忽焉破碎千瓊琚泉流愈盛氣愈怒勢若萬馬爭前驅奔騰縱逸不可止

豈肯復受銜勒拘小石侏儒竟滅頂大石屹立當關夫
泉來石拒乃鏖戰轟如伐鼓馳雷車石能剛克水不敵
水屛軍潰鵝鸛呼偶逢平處快一瀉滑比雪乳投冰壺
臨流我愛坐苔石曠然心境皆清虛塵纓未忍濯靜絲
玉茗眞合烹芳腴橋名三峽意可會此水何異穿夔巫
更錫嘉名小蜀道試畫縮本瞿塘圖（自棲賢寺至三峽橋一路水勢余戲名之曰小蜀道）

詠瀑（禁用河漢冰雪銀玉珠璣綃練丈尺龍鶴等字）

開先高瀑出雲端覓句形容大是難映日青紅添彩色
因風飛舞得奇觀靜中不斷四時響清極能生三伏寒

欲掃陳言成禁體試從空處想波瀾

黃巖觀瀑成兩絕句

欲訪匡君一問之倚天長劍始何時不行地上行天上

人道山奇水亦奇

千尺游龍勢蜿蜒能教雷雨出晴天空中飛舞雲中立

我道山仙水亦仙

鶴樓轉餉

轉餉楚北重登
鶴樓白雲渺〻
江水悠〻　南山

奉檄轉餉十五萬赴武昌途中口占二十字

張維屏

司馬過江州揚帆作楚游攜將十五萬去上黃鶴樓

重登黃鶴樓

昔年樓上客天外忽飛來江水去不盡仙人安在哉晴川芳草合鄂渚曉煙開回首動離思笛聲聞落梅

越日復登黃鶴樓張德昉李藩兩孝廉余楚闈分校所得士也置酒以待既醉有詩

頭陀寺外轉風輪鸚鵡洲邊幾度春一去仙乘何代鶴十年吾是再來人滄桑過眼談塵刼連年水患雲水浮蹤悟

客身且喜提壺逢舊雨此間三醉亦前因三飲於此

家澥山方伯招飲夜話賦呈

頻年水患困嗸鴻欲慰窮黎望歲豐南國循行勞召伯公自江漢勘隄工回大川疏導念司空談及禹貢心殷民事忘家事力守儒風有古風更話京華及桑梓宵深屢剪燭花紅

題南山同年黃梅拯溺圖　　定安　張岳崧　澥山

匡濟歸儒者民生繫宰官蒼黎逢此厄夙夜不遑安激水魚龍怒浮家雁鶩寒救荒乏長策但弗避艱難片葦乘流去倉皇望救聲爲憐萬人命奚惜一官輕區畫危時審安全定後驚黃州有詩句半作澤鴻鳴

金縷曲

汲縣張湄春檻

家南山司馬轉餉楚北路過黃梅梅之民提壺挈榼道左歡迎攀留話舊有足述者余旣聆舊美因譜新詞寄聲風前綴墨卷後

舊是鳴琴地。越十年軺車轉餉。路重過此。父老前來相問訊。共道使君老矣。記當日猝遭洪水。夜半官舟曾絓木。把災黎拯出波濤裏。說往事。雜悲喜。　而今又爲蒼生起。看漢臯棠蔭留甘。黍苗頌美。更有民謠新樂府。唱遍吳頭楚尾。君署黃梅遇大水冒險撫䘏舟被水衝攀樹得活民爲歌謠有官要救民神救官之句笑司馬投閒而已。揮灑匡廬詩百首。聽琵琶。不下江

州淚歌一闋戲之耳

鹿洞講書

鹿洞書院聞自髫
年令來宦學景仰
先賢

維屏

鹿洞書院講書記

張維屏

白鹿洞在廬山之南自唐李渤始闢爲書舍南唐始建爲學宋初始置爲書院後廢至淳熙己亥朱子守南康訪尋遺址奏復其舊條列教規以示學者於是鹿洞之名益著迨象山陸子訪朱子於鹿洞講君子喻於義一章是又鹿洞講書之最著者也數百年來凡官長師儒以逮生徒至斯地者靡不殷然興起其慕道嚮學之意詩曰高山仰止景行行止蓋前哲之流風餘澤其及人遠矣道光十六年歲在丙申維屏承乏郡守仲春之月上辛率諸生致祭於鹿洞先賢禮畢諸生有進而問學

於屏者屏曰先賢教規詳且備矣屏復何言然不可無以答諸友之問則請舉見其過而內自訟一語與諸友共勉之可乎且夫孔子大聖也其言曰加我數年五十以學易可以無大過矣顏子大賢也聖人稱其不貳過子路賢者孟子稱人告以有過則喜由是觀之聖賢且不能無過況庸衆人乎夫庸衆不能自見其過固無望其內自訟而古今來才高學博之人亦往往不能自見其過卽能自見矣不惟不內自訟且有過而自文之至人告以過不怒於言必怒於色且或陽德之而陰嫉之求其聞過而喜者罕矣夫以有過之身既不能自見其

過又不喜人告以過將聽過之潛滋暗長乎抑以爲過無損於己乎夫過而不改將陷於惡至是而後悔則已晚矣故周易一書多言无咎无咎者善補過也又曰震无咎者存乎悔秦穆公能悔過故秦誓一篇得列於周書然則人能改過是取法孔子顏子子路秦穆公不能改過則將辱身敗名甚且貽害於家國天下是改過誠吾人切身至要之圖也顧欲求改過必內自訟訟未有不求勝者也訟又未能必勝者也則亦惟於獨知之中行對勘之法長抱此內自訟之心以終其身焉已矣雖然知之非艱行之惟艱夫子歎曰未見則甚矣能見其

過而內自訟之不易言也屏賦性顓愚愆尤叢集既苦不能改又苦不自知今舉是言爲諸友勗亦甚望諸友之有以規我也問者既退遂援筆而記之且以自箴焉

劉念臺先生云聖賢乃有過衆人之過皆惡也屏案此言眞足發人猛省葢人多私心非求則忮但隱而未發發而未甚遂不見其爲惡耳古來大奸大慝陷害忠良傾覆邦國其事皆始於一念其機每伏於隱微書曰人心惟危吁危矣哉與諸生講論意有未盡復識數語於此道光丙申二月十四日張維屏記於白鹿洞書院之文會堂

五老峯賦以人生安得如汝壽爲韻

南康府觀風古學第一名黃愼德

有客問於五老峯主人曰葢聞神仙易假載籍難眞地幻方壺虛指十洲三島年疑絳縣空談二首六身君何以迴超碧落不染紅塵蒼顏矍鑠傲骨嶙峋匪上界之列宿匪天際之眞人而乃昂昂挺秀盎盎長春其瘦如削其靈降神腳根凝鐵肩雪鋪銀豈由夙業定有前因主人囅然而笑曰因誠莫測理則易明彼夫赤松丹竈白石黃精餐九莖之靈芝謬思羽化咽三危之瑞露妄冀身輕此皆異術浪得虛名則雖符傳六甲星守長庚

卒之世緣有盡塵網終嬰未離五濁難證三生也吾何須駐顏之液吾亦無換骨之丹吾惟清風四壁明月一盤漱石痕兮齒齒弄松影兮團團煙火何堪食芙蓉亦懶餐渾忘歲與月奚識暑和寒既塵根之已斷自艮止之常安任鐵船兮泛水任瀑布兮翻瀾任獅子吼任龍甲蟠吾但科頭危坐袖手旁觀客曰吾聞古道云亡人心莫測獨處或優游同居多啾唧君何以共露五光齊袪五惑自全五福之眞不借五丁之力五雲之幔不妨同張五嶽之山宛然共陟咸欣五蘊之畢宣不慮五行之相尅主人曰夫位以五而相得數以五而乘除試觀

五絃之琴解愠五明之扇垂譽或五臺之探勝或五世而同居或拈五色之筆或讀五車之書予懷落落自得于于子不知予吾其語汝盍吾五老者高凌於廬阜之巔特立於彭湖之渚喜白首以忘年得素心而共處方百世而泯猜嫌豈五人而相齟齬不必飲瓊漿不必服鍾乳長此鸞驂永聯鴈序保五德以常貞伴五星而高舉同造化以逍遥視乾坤猶逆旅夫復何求其又奚語客於是長揖而謝曰先生其示我矣不即不離無聲無臭粉碎虛空玲瓏闌透鍾南斗靈毓西江秀大老成峯與天同壽

五老峯賦以人生安得如汝壽爲韻

南康府觀風古學第二名　余笛

西江靈嶽南極老人巍然氣象健者精神業已身凌霄漢何難手摘星辰碧落雲連絕頂作羣峯之祖黃農世遠孱顏留太古之春萃五百餘里之菁華釀此鬚眉欲活經億萬斯年之霜雪到今面目如新爾其懸厓峭立絕壁高撐與龜峯鶴峯而並壽合天數地數以成名一樣龍鍾那問誰賓誰主千秋鴈序公然難弟難兄縱冒煙雨而來此叟依然無恙除是羲皇以上斯人孰與同生鸞停鵠峙虎踞龍蟠通呼吸於帝座落咳唾於仙壇

每逢老鶴南來前身欲認一任大江東去冷眼相看算亥無窮絳縣之行蹤宛在生申有兆白雲之好夢未殘笑他石丈點頭象貌空誇矍鑠寄語山童繞膝雞鳴早報平安位配五行體兼五德五星聚秀於上方五嶽齊名於中國遙聽山鳴谷應定雜五聲每看秋月春花恰成五色老當益壯吐氣而雲擁千重峯不可攀橫空而勢凌八極幾番歷桑田滄海料應未免有情消受惟明月淸風何事戒之在得俯臨下界仰逼太虛松髯自拂苔髮常舒伴喜同庚種壽灌蠡湖之水形疑降乙燃藜照鹿洞之書諸峯盡是兒孫那止七賢羅列此老不知

甲子自然萬慮消除觀瀑布之千條相對好參三笑奉爐香之一瓣伊誰敬祝九如如九老之成圖如八公之得所如商山之四皓採藥同行如洛邑之羣英銜杯共語憶前度遊河握手仙蹤早見唐虞喜今番就日揚眉豪氣欲吞吳楚卽論五人爲伍何嫌貳二參三若同五子作歌也合倡予和汝是蓋槖籥鍾靈乾坤毓秀偕老則璧合珠聯孤高則神清骨瘦結侶在三梁石上舊雨堪親聳身於一綫天邊寒風微透統九江而作鎮迴拔乎大千中千小千亘萬古以無疆何分乎上壽中壽下壽

白鹿洞書院示諸生　張維屏

名教有樂地洞闢匡山陲二李去已遠荒榛掩頹基南唐至南宋滄桑幾興衰紫陽來守郡修復教在茲教思實無窮千載仰洞規當時陸象山相善亦相資後儒講異同辨論成支離大道若大路奚必分兩歧實學在躬行口說徒爾爲果爲君子儒往哲皆可師

白鹿洞書院　匡廬詩課第一名　曹湘

人與鹿俱逝洞門空徙倚憶昔紫陽翁披榛得頹址木鐸振匡山淵源溯泗水泉流聖澤長座上春風起當時五老人俯視色應喜樂育來雋髦振興見綱紀洞規列

五條賢關鎖鑰啟吾曹讀詩書豈爲慕青紫遠寺一聲鐘猛省自今始

白鹿洞古詩摘句　胡蘇亭

天使紫陽來千載綿道脈上延和殿書賜白鹿洞額至今讀書聲溪水同不息

句　徐凝吉

德符仁知樂趣愜山水緣五條紀綱立一賦敬義宣

句　趙發凡

前哲留典型後起賴私淑請觀山下泉往過來者續

句　呂部

安飽不敢求讀書樂自生此樂難索解去邀五老評

句　袁俊

地靈山水合人傑古今有彰美不忘前繼往端賴後

句　羅向辰

洞賦垂明訓洞規示周行延英面敷奏秘書出上方

白鹿洞律詩摘句　余笛

當戶羣松立開窗五老迎嶺雲迷樹影溪水帶書聲

句　錢序淮

古洞開廬阜千秋一講堂看來眞面目悟出大文章

句　張慶璠

好山排闥入活水繞溪來

句　萬炳臺

書如觀福地士可擬神仙

句　杜達

先儒道在無同異衆壑聲喧自古今

廬山觀雲　匡廬詩課第一名　黄錫

廬嶽鬱蒼蒼萬古空翠積山空氣自蒸青壁生虛白如緜百尺飛似絮千層擘散彩搖金柯灑潤流玉液有時湧層霄樓閣現咫尺望中五老峯面目忽相隔長風一以吹萬仞掃空碧坐看夕陽斜餘霞半空赤

廬山觀雲古詩摘句　汪在本

廬峯七千丈壁立飛雲中雲起初一縷轉瞬遂無窮香爐吹紫煙五老望冥濛變化誰能測舒卷隨天風

句　萬起鴻

千巖動鱗甲萬谷垂簾旌心目滋炫惑瞬息殊晦明

句　張樹德

廬山何多態變幻雲爲妍雲輕山似笑雲重山如眠

句　楊凌漢

雲來與雲去雲幷不自知四時開生面萬古此化機

句　陳丹榮

一起千百重一峦千百峯雲中得奇句落筆驚蛟龍

句　羅克蔚

淡濃明晦分高下仙凡隔我行廬山中慣作梯雲客

句　羅錦亭

山以雲爲衣雲以山爲屋可作海市觀可作奇文讀

廬山觀雲律詩摘句　宋正瀚

帝座通呼吸吹來上界雲雲中一長嘯髣髴見匡君

句　羅文魁

峯巒變明晦吳楚接縱横山自無心出風如有力爭

廬山觀瀑　　匡廬詩課第一名　袁廷秀

天下名泉總娛目飛泉却讓廬山瀑峽劈青玉分兩條
巖挂銀屏垂一幅雲中掩映望若空日光照耀成長虹
噴去淩空滾江雪吹來不斷搖海風搖風滾雪情千變
練浣銀河波激箭奔霆掣電出峯頭細雨輕霜灑人面
灑面翻驚六月寒探奇吟眺立層巒薄暮下山回首望
依稀倘見玉龍蟠

廬山觀瀑古詩摘句　陳飛鵬

斜飛忽訝山同行直下遙看水獨立

廬山觀瀑律詩摘句　余笛

噴石影翻千尺雪撼山聲動九霄雷

句　陳善

影似玉虹垂大地光疑銀漢落遥天

句　張煥梧

一條轉地爲天色萬點飛空作雨聲

句　暘春

雲裏仙人飄玉帶月中天女浣冰綃

句　陳拱辰

偏從晴日飛寒雨却訝高巖有漏天

東林寺

匡廬詩課第一名　杜春生

梵宇東林盛陰森古木中堂雖三笑在社已衆賢空溪水今猶綠池蓮古不紅儒宗憑砥柱千載仰陶公

東林寺詩摘句　方國楨

勝地山兼水高人佛與仙

句　羅克蔚

花雨三千界沙門十八賢

句　詹玉相

鉢龍歸法界溪虎臥花陰

句　陳飛鵬

寺以僧增重僧傳寺亦傳

遠公創白蓮社招致羣賢六朝人士多宗仰之而靖節陶公當佛教盛行之時獨能卓然不惑遠公招之入社攢眉而去是眞特立獨行篤志信道者矣余嘗謂陶公實聖人之徒不知者第以詩人酒人目之而前明諸儒多涉元虛高談心性但效前人爲語錄遂謂道學得眞傳以余觀之宋以後之講學無異唐以前之談禪風氣所尚羣焉趨之嗚呼安得論古有識者而與之知人論世哉因與諸生論陶公漫誌數語於此道光丙申上元前二日維屏記于南康郡齋

太白讀書堂

匡廬詩課　第一名　江學源

五老峯下留高臺臺上仙人去不回仙人入世愛遊戲才奇轉爲造物忌金鑾賜食親調羹美人捧硯新詩成無端黨叛被讒枉鳳泊鸞飄觸羅網公眼能識郭汾陽識公者誰賀知章少陵憶公謂無敵昌黎歎公光燄長髯蘇語言妙九州謫仙非謫乃其游我不知公當日所讀何典籍能使古今豪傑之士皆低頭攙雲來訪雲松迹五老空中如太息何時復見騎鯨客君不見名山也愛謫仙詩至今五峯常作芙蓉色

太白讀書堂古詩摘句　張　芬

眾人皆醉太白醒一見汾陽雙眼明眾人欲殺太白生
萬丈光燄瞻長庚

句　詹鴻春

天子呼來不上船豈有叛藩肯輕赴

句　杜春生

千首超羣老友知三章絕調君王喜

太白讀書堂律詩摘句　徐春霽

遊客有懷難索句謫仙當日讀何書

句　李斌

故老尚談天寶事名山曾隱謫仙才

王文成公紀功碑

臣盧詩課

第一名 李士衡

西漢經學崇南宋理學隆理學能文罕能武武功乃有文成公文成講學兼嫻武撫贛平猺肅行伍勅書特命往八閩卓哉王瓊已先覩是時逆濠儼敵國下流列郡驚奔北都堂返旆幕府開儒雅何嘗動聲色一鼓已復南昌城破其巢穴賊膽驚中流進退兩失據樵舍一炬膚功成功高反來中使毀口不言功歸天子嗚呼公之兵術本經術理學如公眞崛起

王文成公紀功碑

臣盧詩課

第二名 張列宿

浙闈一榜三巨人豫章筮仕洵前因胡公發難孫公死

成功乃有王公神逆濠逞兵敢犯順沿湖三郡皆氛塵
是時文成適撫贛聞變舉義無邅屯出其不意搗巢穴
出師獲醜纔兼旬九重視兵等兒戲借名討叛思南巡
賊既成擒反思縱爭功羣小方狺狺蕭然獨入九華去
自脫戎服冠儒巾廬山之陽石壁峭百四十字留其眞
嘉靖我邦早成讖俗人嘖嘖前知論立功立言本立德
名儒名世眞名臣後人蚍蜉欲撼樹吹求責備多齗齗
道德文章與功業三者備矣誰其倫嗚呼三者備矣誰
其倫

王文成公紀功碑古詩摘句　王景芳

宸濠弄兵逞跋扈先生聞變整師旅直攻巢穴搗南昌
全力擒鼠如擒虎威武將軍來親征兒戲不知兵事苦
先生功成不自居放手擲虎如擲鼠

句　詹劭疇

文成一碑照巖谷豐功偉烈何神速假使縱筆言之詳
韓碑柳雅堪追逐而公紀載顧無多百十三言義已足

王文成公紀功碑律詩摘句　熊鳳翩

彈章名震龍場外碑版功垂鹿洞前

句　張樹屏

義師先搗强藩穴闇主能知道學人

先生守南康履任數日卽入闈充內監試官闈後旋郡山長已旋里先生政暇卽至鹿洞與諸生講習討論時或延至郡齋賞奇析疑又立匡廬詩課擇其佳者刻廬秀後錄四卷一時遠近聞風偕來吳楚之士有結伴而至者書院屋少則賃僧廬而居明年夏先生卸郡事返南昌諸生有買舟送至吳城者衆皆謂教育之殷提倡之切得之於署任數月爲尤難宜匡山蠡水之間士人思慕弗諼也

道光丙申五月十日受業新建杜達謹識

陸閣攜語

涪翁往矣快閣登臨与白鷗盟先得我心

南山

閏九日登快閣　　張維屏

西風吹我到西昌。風裏賓鴻伴客翔。一笑且來登快閣。百年難得閏重陽。歲豐到處樽能綠。秋老誰家菊正黃。身似懶雲常戀岫。宦遊猶喜近吾鄉。

壬辰閏九月使粤北旋舟過泰和訪南山同年邀登快閣歸飲徛齋別後奉寄四首

歙縣　程恩澤　春海

十年睽張侯。一笑登快閣。渾忘別甚速。且述相見樂。出處憂患間。耿不廢著作。必逢劉璧質。急告弗待索。十年內各罹憂患各有著作 莊語雜諧語。思之恍如昨。謂長安昔遊 續歡在今

日今日日又落下有東逝水上有西飛鶴
海南五色羽縛爲君子筆如何署紙尾只合畫雲日不
讀城旦書焉知致君術君如古循良災黎善撫輯君任黃梅
辦水災有善政小試步交節今攝泰和江月照萬室快閣六百載魚
鳥又聾耳御顧名山藏著書比如櫛高賢羅滿堂夢寐
拜甲乙君輯國朝詩人徵略六十卷
長年狎驚濤厭舵不在手却使制奔馬馬亦馴不走才
高百適用愼勿掣其肘用小莫若大用暫莫若久赫赫
未一舉齗齗已衆口毋被宵小測必照冏兩醜古大有
爲者儆屣視印紐君有歸志

初筵劇快意談論出肺肝燭至促客行沙水舟漫漫一
夕酬十年求友亦大難狷性尟心許勢交多面歡與君
道藝契植根天壤寬神劍飛合時重取焦桐彈

春海祭酒典試粵東使竣北旋過泰和見訪同登
快閣枉贈嘉篇奉酬四首　張維屏

樓以西涯名閣以山谷著昔賢留往迹後世有餘慕記
曾樓上讌（嘉慶己卯黃霽青太史招都中二十四詩人集李公橋酒樓爲荷花作生日始相識）忽
此閣中遇君泛南海槎手擷珊瑚樹星軺嶺外回玉節
江干駐高軒訪下邑把酒抒積愫坐聯今舊雨（邢五峯太史同見過）話雜南北路快哉一登臨盤空出奇句

奇句天外來落紙燦星斗詩力追杜韓書體逼歐柳君
胸羅列宿光怪靡不有珠玉隨風飛欬唾此其偶憶昔
旅京華感君意良厚我病饋以藥我愁解以酒望我雲
霄翔惜我塵土走此情猶在目十載一回首

十載塵土中萍蓬轉荊襄銜恤返南國營葬出北邙既
悲怙恃失復遭弟妹喪勞生歷憂患壯志多摧藏君身
本上仙香案侍

玉皇琅嬛福地靜日月壺天長曷爲今日見亦覺顔鬢
蒼雖則顔鬢蒼元氣中堅強砥行潔圭璧舒文耀鸞凰
鸞凰引儔侶鳴盛敷文辭飛鴻漸于陸吉羽將爲儀太

學古所重人才恒萃斯後來鼓篋輩但作梯榮思干祿亦人情立志要勿卑經史沃其根忠孝植之基獲效在臨事儲材在平時知君愛才心肫切等渴飢歎樂相驪黃一一物色之牛毛衆曷貴麟角獨乃奇得人以報國祭酒眞人師

縣齋歲暮

訟庭羣吏散依舊把書看敢以學妨仕渾忘身是官泉聲茶竈暖雪意紙窗寒念彼無衣者蕭然逼歲闌

泰和訪張南山司馬同登快閣用山谷詩韻時南山攝縣事

嘉善 黃安濤 霽青

快友相逢登快閣天公特地放新晴春光滿野眾生樂
夕照銜山雙眼明越客鄉心歸雁後涪翁佳語大江橫
朝來乘漲挂帆去詩酒何時重結盟

霽青太守見訪遂登快閣同用山谷原韻卽送旋
浙　張維屏

難得異鄉逢舊好共登高閣快新晴石邊瘦竹偏能勁
葉底孤花忌太明宦興已同秋水澹別懷怕見夕陽橫
他時一舸西湖去野鷺閒鷗再訂盟

章江泛宅

飛来章江或軍
画去薜蘿崔浮家
江胃且住南山[印]

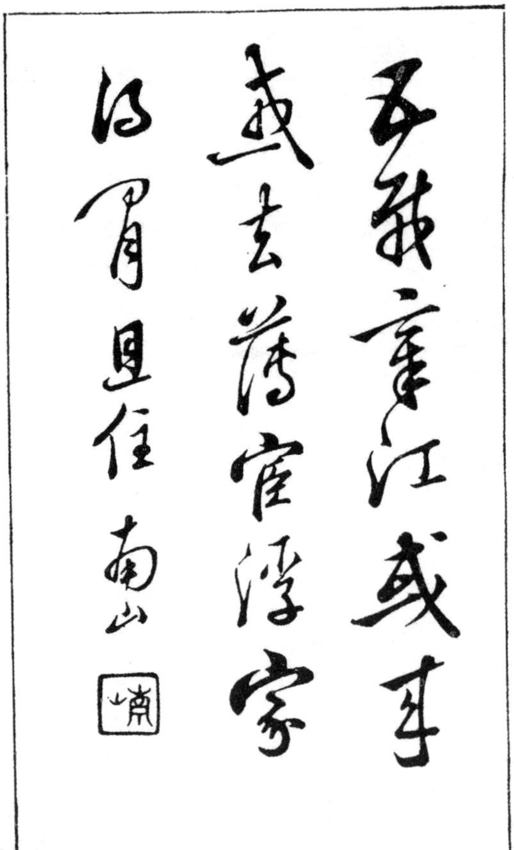

章江

章江門外水漣漪客櫂初停已有詩要遇古仙須近市
學鈔唐韻試臨池荒畦尚說雲卿菜故宅難尋孺子碑
欲仿滕王圖蛺蝶東風南浦草離離

滕王閣

帝子今何在風流屬子安地連三楚壯水入九江寬傑
閣登臨易才人際遇難西山蒼翠色終古照闌干

徐孺子亭

海內此亭古杜句湖波堪溯游黨人困東漢高士隱南州
邈矣生芻奠依然喬木幽山谷徐孺子祠詩云喬木幽人三畝宅西山如

一榻相望共千秋

寫韻軒

偶然游戲到人間，何物文簫得此緣。寫韻軒中餘韻在，美人才女又神仙。

婁妃墓

隆興觀側江邊路，風中蘭麝幽香度。相傳墓有異香片石流傳幼婦詞，行人指點賢妃墓。桐圭不靖逞干戈，詩諫難回竟渡河。狂謀妄欲追成祖，弱質貞甘學孝娥。玉骨氷肌投水府，江神也識芳心苦。特助回飈挽去瀾，要送貞魂歸故土。沙上漁家見忽驚，千條紙結認分明。壘門有草成青塚墳樹何人表女貞古來成敗東流水每恨傾城慳一死枉留廟貌說桃花空有宮詞記花蘂何似英靈燭夜臺生前巾幗不凡才已拚激烈埋魚腹莫惜嬋娟比馬嵬雙碑先後羣公拜年深風雨苔垣壞宋玉梅生觀察殷勤護舊塋顧榮恕齋大令鄭重標新界南浦西山煙靄中衆仙環珮幾時逢不須別撰迎神曲但唱秧歌學老農

藏園

靖節西江一老尊羣才羅列總兒孫黃楊以後藏園繼江西自山谷誠齋後惟心餘先生可稱大家袁趙之間正派存隨園甌北兩集不免游戲欲借詩歌維敎化卽論風骨亦高騫銅絃九種雖餘事

筆墨都能見性根

百花洲泛舟過水月寺復至蘇雲卿祠

亭臺高下水平鋪幾度花風到鼠姑畫棟朝雲古南浦煙光柳色小西湖佛門寂寂僧如鶴人海飄飄我亦鳧尚有荒祠祀高士苔痕碑字半模糊

竹樓七弟重刊舊撰卜魁城賦因寄

長白英和 煦齋

當日閒中記事珠。那同研鍊賦京都。愛偏忘醜人私淑。先是孫文靖刊於閩近羅蘿村宮庶復刻於粵舊又翻新弟友于。過眼年華如夢寐。從頭吟詠笑荒蕪。而今只有鈔胥快。雅跡無庸盡日塗。

煦齋兄撰卜魁城賦歷敘山川風土民物習俗累數千言以刊本寄示同人索觀者多余因重刻之兄有詩見寄次韻奉酬

長白觀瑞 竹樓

詞源萬斛瀉成珠紙貴傳鈔遍洛都絕塞風光眞歷歷

連牀別思自于于池塘夢入春常駐文字情深體不蕪
珍重一緘勞遠寄新詩可許學鴉塗

讀煦齋師卜魁城賦並與竹樓觀察唱和之作卽
次原韻　翁心存

紙貴甌閩更海珠又傳棃棗到洪都才名羣從荀文若
循吏聲華何易于翰墨新緣輝棣萼文章窮徼闢榛蕪
攜歸重侍春風座雨雪遑辭賦載塗

讀煦齋師卜魁城賦並竹樓觀察唱和之作卽次
原韻　桐城張寅子畏

揮毫曾侍露垂珠絕妙文章壓兩都荒塞冰霜臣健在

殊方風物化刑于天涯昆季情如結紙上煙雲跡未蕪
回憶絳帷三載別寸心長此望遙塗

讀煦齋師卜魁城賦竹樓觀察復見示唱和詩册

同次原韻　張維屏

一卷奇文比紺珠境遙豈復限三都牧場地勢連哈爾（卜魁昔爲牧場近齊哈爾康熙二十三年始列版圖）步韻詩歌類薦于雁序情深增唱和龍沙紀略尙疎蕪（龍沙紀略方沃園撰）章門留滯師門遠學業眞慚廢半塗

螺墩春宴同李碧山觀察（廷錫）家子畏太守（寅）石瑶辰（家紹）蔣玉峯（啓敭）兩大令皆壬午同年

繡衣使者來南浦後先新舊洪都府碧山子畏先後爲南昌守眼前好景三月晴座上同年五星聚一墩宛在河之洲水木明瑟軒窗幽偶呼菊部傳歌板便把花枝當酒籌嫣紅姹紫春明媚忽見名花立山背牡丹正開花前石丈默無言三百年來閱興廢堂後一石相傳夏貴溪相府物對花忽憶遊燕臺芍藥海棠相繼開竹垞書屋紫藤在曾見

國初諸老來京華此際多嘉會今歲看花誰得意我曹讌集在西江快事何曾輸北地同袍謂壬午諸同年奚止稱得朋良臣循吏皆蒸蒸閒官自笑百無用筆歌墨舞吾猶能春光一刻眞無價不負人間好臺榭醉揮長句付山

僧畱與他年作佳話

二月廿九日宋梅生觀察招同曹霞城方伯詩僧梅菴三村看桃花小憩西竺庵歸飲圓覺寺得九絕句 錄六首

又爲桃花共出城最難連日得春晴黃鸝紫燕皆歡喜
不獨看花客有情

逢著花農與一談風前如聽燕呢喃去年水患花遭刼
千百株中剩兩三

數枝紅萼似辛酸轉覺垂楊不畏寒映水拂煙無限態
且將新柳當花看

嬉春裘屐玩芳叢何意禪堂祀二公（西竹庵有文謝二公祠）頓使詩人懷抱異忽然兒女忽英雄

食單久已厭膏粱蔬筍偏多異味嘗一瓣瓊英初入口餐花人愛玉蘭香（食玉蘭花梅菴手製）

歸途竹轎也簪花（輿夫以花插轎）一路吹香過酒家自寫新詩如寫畫不妨傳看到天涯（適答友人書并詩寄之）

縣言并序

禮有之在官言官在府言府屏十載以來四爲縣令其間有所感觸不能已於言言非一時亦非一地體近謠諺不足言詩以在縣言縣遂統名曰縣言

蠅頭篇

蠅頭細字文萬篇方寸之紙字數千聞時辦就試時用不必能文亦能中試官取中但憑文文之眞僞何由分場中鈔襲便獲雋嗟彼窗下徒辛勤縣官考試嚴防弊中有童生偏作僞童生作僞官莫嗔科場鈔襲不少人

四書題文十有十五經題文十僅一欲向場中識美才須就經文察虛實

雀角曲

雀角雀角善穿爾屋鼠牙鼠牙能破爾家勸君莫聽訟師言唆人興訟開禍門禍門開訟不息兩造費錢雀鼠得食

衙虎謠

衙差何似似猛虎鄉民魚肉供樽俎周官已設胥與徒至今此輩安能無大縣千人小縣百駕馭難言威與德莫矜察察以爲明鬼蜮縱横不可測吁嗟乎官雖廉虎

飽食官而貪虎生翼

驛馬行

我爲四縣皆有驛驛馬多寡有定額初來點馬半老瘠亟須買補均馬力馬販來自荆襄騅駓駰駱騂驪黃欲學相馬無孫陽但擇齒少肥而强命僕夫豐爾豆潔爾芻前途火急來文書非得健馬何以供馳驅近日縣令尤難爲買馬須往西北陲若買土馬非口馬馬價自備毋許支吁嗟乎爾馬誰來問肥瘠部費收齊南亦北

鹽梟樂

鹽梟樂醉飽歡娛尋賭博大夥私梟誰敢捉往捉拒捕

相殺傷但有死傷皆縣殃獲犯要口糧解犯要盤費上司委員查案來酒席贐儀要周備萬一傷官縣吏愁葛藤纏繞無時休吁嗟乎梟徒亡命謀衣食不作鹽梟卽盜賊

獄卒威

獄卒威獄囚苦初入獄中如地府不肯出錢加苦楚黑暗卑濕罕見天日蟲鼠蟣蝨穢惡交集冷雨凄風助嗚咽獄久不死爲老囚衆囚尊之稱牢頭牢頭居然卽獄卒老向獄中爲毒物縣官視囚心惻然夏施茶扇冬施綿求生無術貸爾命爲爾掃除少疾病

田家嘆

濱江水患何其多江水忽至田爲河傍湖水患亦不少湖水忽來禾沒了水來必挾沙水所過處沙日加水去泥不去日久泥多阻水路阻水路水易高眼看田地生波濤水易高退不速又看波濤入人屋吁嗟乎田家見水心憂煎有田歲歲如無田

沙田案

沙也田湖也田爭田案牘高如山東家插禾西家收穀偷割搶割意未足相殺相傷人命速若要無爭田界定虞芮質成須大聖

豁糧歌

朝廷詔下如甘霈豁免閭閻舊租賦豈知未奉
恩詔前州縣奏銷無得延亙善之民早完税頑梗之民竟無畏年年抗糧藐官法官暗挪移代其納年年抗糧望
恩典日久果然邀豁免舊糧愈豁欠愈多催科催科將奈何

吹簫引

巴菰不毒芙蓉毒毒蔓引人引相續玉簫吹暖夜眠遲日上三竿睡方熟往時吸食猶避人近日公然席上珍

老僧無家偏有累禪室也多煙火氣適有告僧人吸食鴉片者

盤倉吟

盤庫一日畢盤倉無定期其雨其雨不敢知杲杲出日我心悅懌迺召戸書迺召斗級迺命我僕盤倉之穀自朝至于日中昃舊令欲速新令遲遲穀則量之米則篩之揚之熟而嘗之整米則收碎米則否議補議加計石計斗舊令但吞聲新令尚搖首

收漕辭

漕不收縣令無能官可休漕未兌旗丁先來講兌費旗丁挑斥大有言米既不潔又不乾紳衿訛索亦有說官

既浮收又勒折更有漕尾欠在民中飽暗歸書吏身人道收漕獲漕利我道收漕受漕氣丈夫吐氣如長虹安能鬱鬱居樊籠人生行止自有數歸向南溟釣鼇去

屏昔從宦楚北既補廣濟因不願收漕遂就閒曹屏之辭縣令也聞者多笑之屏不置辨惟自認無能而已惟吾師汪文端公及襄平相國蔣公不以爲非茲錄收漕辭因追錄二公之言於左用誌牙期之感云道光丙申立秋日時將引疾旋里維屏自識於章江萍寄之居

復張南山書

山陽　汪廷珍　瑟庵

客冬泐復寸函計已入覽頃接手札備紉注存比稔年兄績著澹災榮權佐郡爲政多暇著作日增前歲黃梅水災拊循安輯事大不易然此是我輩讀書作吏者眞實事業十萬哀鴻咸登袵席雖心力交瘁何快如之較之鎖闈中得佳士其樂不啻倍蓰況足下又兼之乎至州縣收漕一事今日大難足下引疾求退欲求心之所安不知者訝其辭菀而就枯知之者諒其審時而量己左次無咎聖人不禁也讀大集十一卷格律渾成興象高寄非讀書多而用力深者詎易有此竝聞於近代通

儒中服膺亭林先生尤見取法之正所著松心日錄何時卒業望早寄示放翁有言老見異書猶眼明謹拭目俟之僕年衰才譾罔效涓埃忝邀非據之榮時切覆餗之懼叨承藻飾倍益悚慚耳泐此復候時綏惟鑒不備

書張南山黃梅拯溺圖後

襄平　蔣攸銛　礪堂

余督粤六載公餘輒邀南山論文談藝而南山從未干以私余益重之數年來以名進士出爲縣令所至咸得民心夫救災人所難而南山處之井然收漕人所樂而南山辭之決然卽此可知其爲人矣披覽是圖爰識數語道光庚寅閏四月

重脩滕王閣記代　　張維屏

滕王閣濱章江當楚粤浙閩之衝皇華之使冠蓋之賓送往迎來胥於是乎在自嘉慶十八年脩後至今又二十餘年棟撓磚缺丹漆剝落勢將就圮某奉

恩命撫江右思爲民興利除害四載以來旣急其先務值歲荒歉於是以工代賑凡城垣倉廩祠廟隄防溝渠咸與僚屬籌款次第脩舉俾窮黎勞其力以餬其口而此閣亦遂及其未圮脩治焉撓者易之缺者補之剝者飾之兩月工訖昔昌黎刺袁州欲一至滕王閣償所願而不可得而吾曹乃得以公事時遊觀其間不可謂非

幸也所冀雨暘時若年穀順成江流無汎溢之虞民俗有恬熙之美如是而守土者乃得與斯民共此遊觀之樂也已爰書歲月俾來者有所考云

荊溪煙波

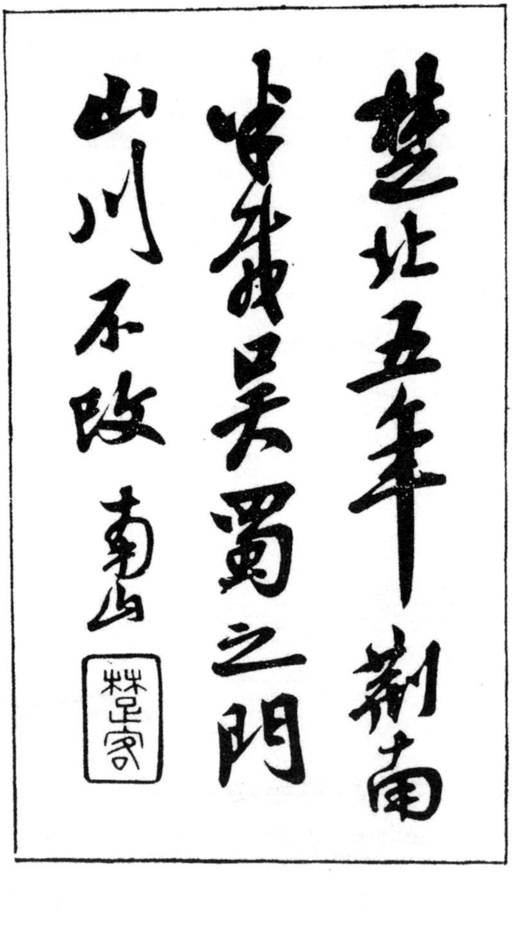
楚地五千年荆南
中我吴蜀之門
山川不改
南山

荆臺　　張維屏

荆臺高處望西川，烏路迢迢接楚天。江樹綠浮春水外，野花紅到夕陽邊。蜀吳事業三分了，屈宋文章萬古傳。欲向平沙尋息壤（相傳息壤在荆州），老漁吹火破寒煙。

松滋早春

五年五處逢新歲（庚春在京，辛春在家，壬春在浙江，癸春在黄梅，甲春在松滋），處處春同景不同。楚北雪猶飛冷白，嶺南花已鬬嬌紅。辛盤未可忘鄉味，卯酒偏能助睡功。愛誦古人好詩句，燈前時復教兒童。

松滋村行

足循危磴手披榛境是初來耳目新路入深山疑隔世橋橫老樹欲攔人飽經險阻詩能壯多閱峯巒畫易眞西望蒼茫通蜀道便思乘輿訪峨嵋道旁石碑有字云四川由此路去

荆南

隨意尋春傍水涯綠楊低處酒旗斜暖風晴日荆南路門巷家家有杏花

一柱觀

杜老集中見松滋城外尋六朝無剩物一柱獨留今壁壞風疑撼庭荒日易陰無梁何代殿古意共蕭森聞姑蘇有無梁殿

荆江雜詠

波遠浮天去舟輕任水流帆檣趨鄂渚煙樹隱荆州重鎮宜先據長江此上游古來形勝地岸葦響颼颼

澤畔人何悴蘆中士固窮兵戎悲浩刼騷賦託孤衷癡夢談雲雨荒途問渚宮不隨人事改江水自流東

沙市維舟處逢人話去年奔濤沒村樹比屋斷炊烟有粥饑能救無衣凍可憐流離更風雪僵臥路衢邊

堯湯有水旱大化理茫茫力解民生厄羣歌
帝澤長青錢頒戶口紅粟發囷倉畚築沿堤急春流已預防

舟出荆河口帆開望洞庭君山聳遙碧天水混空青易約仙人醉難邀帝子靈風前奏長笛應有老龍聽

江夜聞楚歌　嘉應宋湘芷灣

莫是宮中舊舞腰聲聲餘恨咽前朝英雄兒女虞兮曲落日哀猿下里謠詞客有魂留夜渚孤舟無伴讀離騷如何一副千秋淚不唱吾家大小招

江夜聞楚歌　張維屏

髣髴楊枝又竹枝江空月黑費尋思湘中帝子魂歸處垓下英雄淚墮時沅芷澧蘭秋欲老繁絃急管夜何其四愁本是吾家物不聽淸商鬢已絲

桂林巖洞

桂林多奇山隱山洞凡六忠宣招隱書小隱可容續

隱山有　先忠宣公招隱石刻道光丁酉四月屏刻小隱于岩側

自陽朔至桂林舟中看山放歌　張維屏

山近桂林爭作峯峯峯突起撐靑空如竹抽筍鞭籜龍如花吐蕚攢芙蓉我聞地脈猶肢體羣山皆自崑崙起尾閭漸下要維持萬指齊伸巨靈臂又聞五嶽視三公名山次第應分封陽朔諸山儕附庸奮起秉笏思朝宗我疑五百阿羅漢南海西頭登彼岸忽然僵立證菩提老幼相依猶不散又疑媧皇將土摶爲人餘土堆積同灰塵偶然摶物物各肖山山虎豹犀象熊羆麟我思虞舜耄期勤不倦泰華嵩衡巡已徧胡爲死獨在蒼梧或者愛山魂魄戀又思大禹刋旅躬胼胝欙橇未歷蠻荒

陲當年導山若到此應歎中原無此奇諸葛武侯遺八陣地上流傳半疑信何似天邊矛戟至今排共識漢代戈船由此進伏波將軍計尙疎功成北去遭讒誣不如留此日日啖薏苡況有山水一一供嬉娛一峯如賓一峯主一峯纔缺一峯補兩峯聚首如私語一峯掉頭欲高舉一峯孤立甘離羣數峯相聯如弟昆一峯昂然意態尊一峯侍立如童孫千峯百峯磊磊落落丈夫氣笑彼巫峯十二夢中行雨還行雲李杜韓蘇老詞伯可惜山靈不相識不然大筆濡淋漓能使奇山倍生色李成郭熙古畫師眞蹟已恨人間希眼前何不師造物化工

巧力非人爲山形到此天如縱風起峯巒欲飛動我歌雖放留有餘八桂前頭好巖洞

堯山

堯山與舜山何爲在蠻服我謂不必疑古書要善讀放勳被四表重華宅四隩而況宅南交早已命羲叔聖神所到處論心不論足光天至海隅孰非帝教育至今瞻兩山二帝如在目區區辨蒼梧所見無乃局（魏濬辨蒼梧在海州）

虞帝廟

穆若中天景悠然上世心至今來舜廟懷古想韶音徂豆千秋肅都俞一德欽峯巒儼環衛髣髴翠華臨

韶音洞

古洞韶音在高厓傍帝祠千秋人想象九奏鳳來儀淚雨迷斑竹靈風降翠旗暗泉流不斷嗚咽訴相離洞濱江通湘灕二水

老君巖

昔讀五千言今來望顔色猶龍無他奇知白姑守黑

隱山

隱山有六洞六洞抱一山内形互倚伏外勢相迴環始從朝陽入穿脇開天闢一洞闢一門異境超塵寰古苔滑如脂足縮愁蹣跚鍾乳巧結撰瑰詭疑神姦崎嶇造

北牖亭榭訪心顏深潭下渟泓積翠高斑斕招隱忠宣書（石壁有先忠宣公書招隱二字）手澤留人間愾然念先德穆若思追攀

伏波巖（有伏波廟）

伏波祠廟古巖磴鬱盤紆偉烈銅留柱工讒薏變珠鳶飛如在目馬革竟捐軀為問雲臺將今猶血食無

還珠洞

檥舟見古洞洞穴嵌瓃瓏還珠意何取合浦事豈同巨石忽中斷下有寒潭通碑字了不浮老蘚碧欲封石柱將及地厥勢仍盤空悠然見海岳壁立青蒼中（石刻米元章像）

得非愛石奇神遊山之宮洞門面灘江葉葉帆隨風夜
來吐光芒應有貫月虹

獨秀山

桂林象郡嶺西偏攬勝來登獨秀巔水勢千盤終到海
山形萬笏欲朝天獞猺戸雜風難化楚粵門通貨易遷
李衛公范文穆張忠宣王文成遺蹟在撫綏何以繼諸賢

顏公讀書巖宋時刻五君詠於石

始安讀書處憑眺感斯文對此發高詠因之懷五君山
形拔地起泉響隔煙聞獨秀空依傍驂鸞思不羣

風洞山

穹窿中空迆巘嵲疊切裂鞠躬入其阻俯首出自穴曠然別有天簪笏萬峯列仰瞻架虹梁俯視排雉堞心隨去帆歸目送飛鳥滅眞仙遊當來老佛寂無說洞陰生晝寒不風使人慄

棲霞洞

洞外羅萬象洞中蓄千奇仙曾遇二華唐時鄭冠卿遊棲霞洞遇仙人日華君月華君路或通九嶷

龍影巖

風來草木腥雲過衣裳冷作其鱗之而空山見龍影

龍隱洞

山本至靜物而有波濤形石本至頑物而有鱗甲靈千尋透天矯萬竅穿瓏玲根自伏水府勢欲騰天庭宋代盛遊蹟蘇壁紛題名當年泛舟處今乃屐齒亭放翁詩境字照眼開巖扃高吟驚人句或有潛蚪聽出洞一長嘯數峯天外青

水月洞 一名象鼻山

桂水有桂香桂月有桂影水月兩無言一片淸涼境桂月照我面桂水洗我心水好有深淺月好無古今入洞捫蒼苔忽覩元豐字洞石有宋元豐題名悠然思古人七百有餘歲山形似象鼻畫手誰虎頭人生不如象千載俯江流

李園八首錄一　張維屏

此園卽盤谷妙筆繼營邱芸甫善畫洞壑地中轉煙巒天外浮畫禪三昧得詩債十年酬芸甫十年前屬賦李園詩崖壁題名在摩挲五百秋碧霞洞有元延祐四年題名

茝鄰中丞以燈窗梧竹圖屬題次覃谿師韻二首

江南雲樹荊南夢癸未屏承乏松滋到荊州而公已觀察淮海桂嶺山川庾嶺鄰笑我浪遊如海客知公餘事作詩人敦盤當代誰爲主面目諸家各有眞話到師門同悵望竹風梧月總淒神

成連去後少知音難得苕岑證素心一幅畫禪如水澹

十年詩境與山深優游藝圃閒情在綏靖蠻疆偉畧任
學術易歧尤悔集感公爲示指南針公所著退菴隨筆中多先哲名言

題灘江送別圖送南山司馬東旋即用惠題燈窗
梧竹圖韻二首　福州　梁章鉅茝鄰

桂林山水甲天下粵東粵西如比鄰空際羣靈伫奇語
翩然單舸來詩人精微酣放寄所託軒豁呈露存其眞
魚山不作芷灣杳後起何分形影神

千餘里外跫聞音三十幾載欽遲心相思竟成萍水合
乍見翻似苕岑深北山同駕我方愧南國扶輪君自任
灘江別緒那足道兩地神交如芥針

南山先生看山來桂林並訪粵西詩人遺稿賦呈二首錄第二首

永福　呂璜　月滄

徵詩興與往時同一代持衡仰至公不信石多偏嶠外每緣人重入囊中博聞古有搜遺逸先生輯詩人徵畧每存闡幽之意大筆今誰角長雄直爲熙朝添雅故垂光何止嶺西東

奉邀南山先生遊湖西莊先生有作即次原韻

桂林　陳鑠　桂舫

風雨來知已攜尊問水鄉湖光涵小閣綠意滿虛堂嘉會追前度話雲泉舊遊深談共此觴煙波留畫本鴻爪意難

忘是日合作畫册

南山先生來桂林琦奉　先大夫遺稿並守濬日記求題賦呈一律

桂林　朱　琦　濂甫

騷壇我願識荆州手䄂遺編淚欲流當日苦吟餘幾卷要君大筆定千秋黎陽鼙鼓傳詩史湖海文章入選樓先生輯詩人徵畧兼知人論世之意難得賞音遇張仲重泉銜感話松楸

喜晤南山先生賦贈二首錄一

吳江　陳　標　海霞

羅浮曾讀廣平賦戊子春讀君梅花詩即已拜倒遠託神交已十年此日煙波如有約得隨步屧亦稱仙青山招客雲添侶名士譚禪佛有緣到處林巒增麗色染來九萬七香箋

南山先生來桂林談讌甚歡並承點定拙稿賦呈四首錄第三首

臨川　李宗瀛小韋

典郡多盤錯公餘百事脩茂先原博雅思曼擅風流十錄將充棟先生著松心十錄　千篇人選樓輯詩人徵畧　名山今未艾大業足千秋

題灘江送別圖送南山先生東旋

臨川　李宗淑梅生

簪碧堂前讌追隨話桂遊詩真行篋滿碿是幾生脩句奪孤峯秀名題石壁留嶺南風味好仙茘待歸舟

珠浦唱霞

南

珠浦春漁

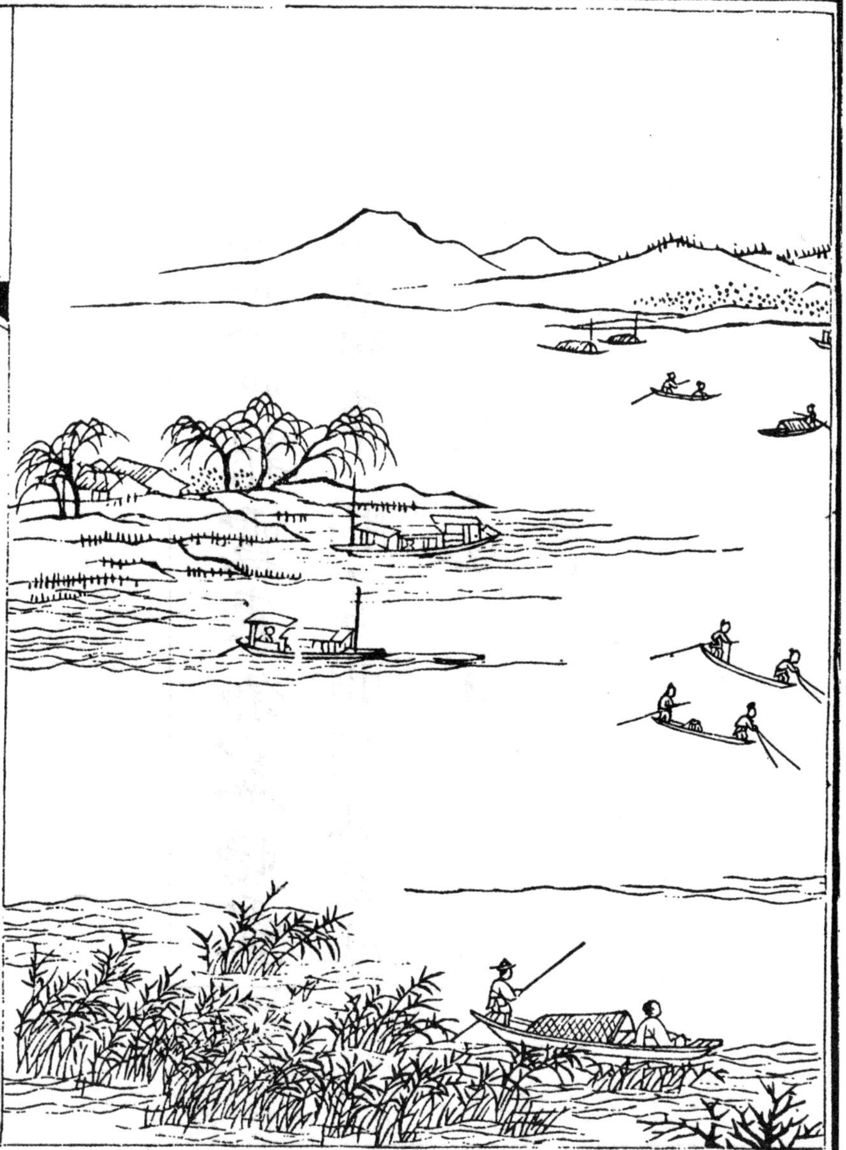

晚霞西朝霞東斜霧晚霧同不同千船萬船順風逆風都在漁翁冷眼中唱箇滿江紅

珠海老漁

珠海老漁

滿江紅　張維屏

海珠寺

一水盈盈。似湧出蓬壺宮闕。遙望見紅牆掩映。碧天空濶。光接虎頭春浪遠。影翻驪夢秋雲熱。看人間天上兩團圓。江心月。　南北岸。帆檣列。花月夜。笙歌徹。願珠兒珠女總無離別。鐵戟苔斑兵氣靜。石幢燈暗經聲歇。試重尋忠簡讀書堂。英風烈。

沁園春　張維屏

手把一樽胸羅千古酒酣以往率塡此詞恨不獲起坡翁稼翁於九原而一質之也

蝸角相爭夢裏輸嬴底須較量算五帝三王何分升降
三唐兩宋互有興亡楊墨儀秦李牛洛蜀管晏申韓及
老莊談人物嘆今來古往一片沙場　百年歲月堂堂
縱富貴回頭亦可傷看粉黛三千骷髏面目胡椒八百
臭腐皮囊月午高歌花辰淺酌便是延年第一方閒難
得想羲娥天上也苦忽忙

百字令　　武進　湯貽汾　雨生

贈南山孝廉即題其海天霞唱圖

唱霞漁者（君自號）好襟懷。直似海天空濶。萬里潮平煙盡處。遙指中原一髮。蜃市忙閑。鯨波喧靜。過眼都休說。一聲高唱六螭。扶起紅日。　憶昨罷釣江頭。（予有秋江罷釣圖）攜琴海上。見汝雄心折。兩卷新詞聲激壯。寫出肝腸如鐵。海雨晴時。天風斷後。血共丹霞熱。魚龍夜定。再休橫竹吹裂。

百字令　　張維屏

雨生都尉贈來黃絹久缺報章昨者過余言別

不覺黯然欲寫離懷同填此調

多才都尉有韜鈐。別具書生風骨。忠孝兒孫根本厚。君大父暨尊甫同殉臺灣林爽文之難餘事詞華枝葉。細膩裁詩。淋漓作畫。妙翰兼三絕。半生襟抱。此中常貯冰雪。　憶昔琴劍初來。樽罍小聚。已覺論文愜。兩載苔岑歡未久。忽報柳條將折。好手無多。知心有幾。欲別眞難別。天南地北相思。同望明月。

浪淘沙　嘉應　吳蘭修　石華

題南山海天霞唱圖

萬里碧磨銅。一箇漁翁。扣舷高唱大江東。君詞稿即名海天霞唱

唱到夕陽西去也海角霞紅　烟水瀰空濛五色雲烘

浮槎我欲駕長風共汝蓬山吹鐵笛喚醒魚龍

浪淘沙

張維屏

石華見寄新詞次韻答之

覽鏡對方銅鬢欲成翁勞勞南北更西東塵海回頭多變幻蜃氣青紅　昨日雨濛濛今日霞烘興來歌嘯海天風小技雕蟲游戲耳好去雕龍

西江月　　張維屏

海天漁者雲水釣徒往來塵界五十餘年閱歷世情百千變態天道循環不外陰陽寒暑人生境況幾多苦樂悲歡偶逢山上老樵同向海邊閒話於是沽酒共酌各製新詞對酒而歌之

掃却風枝雨葉。添來雲影山光。老樵自插野花香。不管鬢絲飄颺。消我胸中冰炭。憑他世上炎涼。仙人棋局請收藏。不必機鋒相向。

不用風蓑雨笠。何須蟹舍魚莊。老漁宛在水中央。但覺海天空曠。懶看魚龍百戲。愛陪鷗鷺雙翔。武陵何必訪仙鄉。春水船如天上。

西江月

山樵既去瓶酒有餘海漁獨酌隨舟所如於時新月在天餘霞映水復填前調擊缶而歌村中兒童相與鼓掌和之

過去事巳過去。未來且莫思量。人心各自有眞光。莫被紅塵遮障。自笑漁樵問答。偶同風月平章。蜃樓鮫室鷺鷗鄉。併作樽前高唱。

西水防患說

張維屏

廣州歲有西水水漲甚則潰隄防壞廬舍傷人物害田禾人知爲廣西之水實則發自夜郎盡納滇黔交桂諸水自西而東經流四省予嘗考之大水小水合計共一百三十七詳見桂游日記皆至廣州境內入海加以肇慶之牢水雲浮水綏建水端溪水程溪水封水皆注於鬱水又加以北江之溱水湞水湟水皆會於鬱水則西水之奔騰湃流固勢所必至也其幸而不至數有橫溢潰決之患者則以廣州近海受水之地寬而就下之勢順也然水之行未有不挾泥沙者水去而泥沙不盡去於是日

淤則日高日積則日堅聞數十年來濱海沙田愈增愈廣不知其幾千萬頃矣沙日高則就下之勢不及往日之順田日廣則受水之地不如昔日之寬水之來源甚長水之去路漸滯其患將有不可勝言者矣然則爲之奈何曰增修隄防多築基圍以禦之粤諺謂隄曰基圍然水漲甚而宣洩遲有非隄所能禦者且潰而脩脩而潰以有限之財敵無盡之水而患且未已也然則爲之奈何曰莫若分其流以殺其勢欲分其流以殺其勢則莫若開新興河頭之小河新興河頭有渠形在林阜中可以疏鑿使水南行三十里許直接陽春黄泥灣可以通高雷

廉三郡舟楫見廣東新語此翁山新語之說也新語此說但

欲穀米貨物得此水流通可以興東粤之利余則謂果

能疏鑿開濬得此水流通可以除西水之害何也西水

數千里奔騰而來將趨羊峽及其尚未至峽得此旁路

以分其流而殺其勢則水之至廣州者已減十之四五

矣曰是誠善矣得無以鄰爲壑乎曰不然此河開則水

由陽江入海地近而勢順春江二邑且可免陸行搬運

之勞曰疏鑿三十里需百萬之費安從出耶曰是誠難

矣然數十年後南海順德之水患甚巨而旁邑次之其

傷耗將不止於百萬夫費百萬而患可已與耗百萬而

患猶未已其孰得孰失必有能辨之者余姑爲是說以
俟後之君子
今年夏西水盛漲麥香田明經穎言佛山甚險忽旁
近基圍潰決水勢得洩乃獲安全因言新興河頭有
渠若能疏鑿使通水有所分不至直趨廣州將來庶
不至大受西水之害又言方象平孝廉曾上書當事
亦主此說

血氣既衰歲不我
與吾所用心請學
為圃

花都老圃

東園雜詩并序　　張維屏

園在珠江之西花埭之東潘氏别業也雖無臺榭美觀頗有林泉幽趣四尺五尺之水七寸八寸之魚十步百步之廊三竿兩竿之竹老幹參天畱得百年之檜園有老檜五株村人呼曰水松異香繞屋種成四季之花炎氛消滌樹解招風夜色空明池能印月看苔蘚之盈階何殊布席盼芰荷之出水便可裁衣枝上好鳥去和孺子之歌草間流螢來照古人之字蔬香則韭菘入饌果熟而橘柚登筵茂樹清泉或謂可方盤谷水田夏木或

云有類輞川僕假館其間養疴少出塵事罕接天機自生五十載年華易失往不可追千萬卷書味無窮澹而彌旨丹鉛弗倦敢望異時之傳博奕猶賢不虛終日之飽著述有暇謳吟自娛率吾意所欲言偶由近而及遠句惟五字律定不遷什有九章興盡而止作非一時咏非一事槩名之曰東園雜詩云

珠海西南路名園轉傍東樹周三徑外人住百花中紅紫茂香國（園外即花埭有花市）鐘魚近梵宮（大通寺）門前有流水舟楫往來通

宦海脫風波幽棲愛薜蘿離城偕客少開卷古人多水畔趁花市煙中聞櫂歌釣徒家法在早晚製漁蓑

滿眼皆生意高低綠萬叢纔聞荷葢雨又受柳絲風花徑深深轉溪流曲曲通鳴蟬偏解事催報荔支紅

漁樵新結伴松竹舊論交事雜教兒理書多倩友鈔與其尸綾冕孰若守衡茅士品由來貴硜硜勝斗筲

易理先觀象易始於畫理在象中書文必準今尚書以今文爲準說詩應審序詩依小序學禮貴根心三傳殊繁簡諸家判淺深何須分漢宋要不愧儒林漢學宋學均有得失要視其人何如耳

道學所包廣躬行能幾人空談心與性孰辨假和眞道學

兩字無所不包自元人修宋史別立道學傳後人遂以談心性撰語錄者爲道學而道學乃隘且易矣門戶原私見漢之黨錮宋之洛蜀明之東林雖君子不能無門戶之見門戶分則爭端起矣薰蕕況雜陳無爭乃君子聖訓合書紳

經濟談何易粗豪未可爲愼無矜意氣要在識機宜葛相行軍日萊公禦寇時小心兼大膽千載令人思武侯不用魏延之策必有所見後人以爲謹愼太過非也萊公澶淵之役爲人所不敢爲如二公者可以言經濟矣

大文如大道九達乃通衢但勿趨邪徑奚容限一途宏才有班馬生面又韓蘇質勝須防野拘虛類集枯方望溪古文持論正而過於拘不善學之恐流於枯瘠

萬類久則散惟詩能聚之千秋如晤對片語入心脾酒

美米先足蜜成花不知滄浪崇妙悟偏論詎堪師嚴滄浪詩不關學之語竊恐貽誤後人

今人言考據古說已多歧實事求其是虛心善即師博觀須反己約守莫趨時不必操成見考據家多存求新好勝之見惟期釋我疑

一帖書家祖蘭亭味最長須知眞力量莫誤逞雄強書貴腕力尤貴氣韻梁武帝以雄強二字評書易墮惡道妙豈貌能襲氣隨年共蒼仙乎顏米後傑出董香光昔人目李太白爲詩仙余目董元宰爲書仙

好手師造物天然圖畫張鴨頭春水綠牛背夕陽黃即鋆互映帶煙雲同混茫一言參妙諦書味此中藏畫之妙在

書卷氣

靜久忽思動，出門隨所便。時臨深淺水，閒看往來船。萬物物交物，百年年復年。不知何處雪，吹到鬢毛邊。

有客話黃岐，精微豈易知。誰能見臟腑，所慮得毛皮。方藥關生死，陰陽妙轉移。張仲景孫眞人劉河間李東垣後，落落幾良醫。五百年來良醫如薛立齋李瀕湖繆仲醇張景岳喻嘉言葉天士陳修園不過數人

古道日荒蕪，公然大德踰。欲維今士習，須法宋先儒。宋儒之書今日士風對病之藥行己當知恥，觀人莫笑迂。從來眞血性，每帶幾分愚。

海外芙蓉片，年來毒愈深。管長吹黑土，卮大漏黃金。舊

染頹風久新頒法令森轉移關造化
聖意卽天心
蚩氓皆有欲趨利每蠅營生聚黔黎衆飢寒性命輕匪
徒會匪虞煽惑游手糧艘水手禁縱橫回鶻雖馴伏須防芑蘖
萌
飽喫
昇平飯安閒學圃宜菜根猶未饜蔬譜要先知覗土漸
諳性灌園當及時瓜壺與葵菽瑣細入豳詩
積雨人蹤少幽居世慮捐何來新屐齒忽損舊苔錢水
綠樹三面風香花一肩沙鷗天地濶隨意養餘年

早春遊花埭飲於東園即事成詠

張維屏

老至當行樂欣看淑景新煙霞六句客風日萬家春隨
遇心無滯忘機物自親不須愁暮色明月湧冰輪

侍　大人遊花埭飲於東園謹步原韻

祥瀛 小蓬

花埭花如錦新年發興新勝遊偏愛水芳事總宜春載
酒偕羣季裁詩獻老親承歡當素位何必羨朱輪

侍　大人遊花埭飲於東園謹步原韻

祥鑑 韶臺

江鄉風景好，況復歲華新。去作鳳城客，去春在京 歸逢羊石春。園林供涉趣，花竹助娛親。煙水無塵土，扁舟勝畫輪。

侍　伯父大人遊花埭飲於東園謹步原韻

祥芝 瑞墀

地引遊蹤盛，天開霽景新。鳥聲如報暖，花意似知春。酒共辛盤載，詩應子建親。六旬顏未老，佳話待蒲輪。

侍　大人遊花埭飲於東園謹步原韻

祥晉 甯疇

尋芳宜載酒，歲序喜更新。水活潮通海，園多地占春。和風生百卉，佳日侍雙親。豈獨天倫樂，還扶大雅輪。